杨悦 —— 著

悦读德国

GERMANY

四川文艺出版社

图书在版编目（CIP）数据

悦读德国 / 杨悦著. — 成都：四川文艺出版社, 2019.3
ISBN 978-7-5411-4911-5

Ⅰ.①悦… Ⅱ.①杨… Ⅲ.①散文集－中国－当代　Ⅳ.①I267

中国版本图书馆CIP数据核字（2019）第041973号

Y U E D U D E G U O

悦 读 德 国

杨　悦　著

责任编辑　李国亮　彭　炜
封面设计　叶　茂
版式设计　史小燕
责任校对　蓝　海
责任印制　崔　娜

出版发行　四川文艺出版社（成都市槐树街 2 号）
网　　址　www.scwys.com
电　　话　028－86259287（发行部）028－86259303（编辑部）
传　　真　028－86259306

邮购地址　成都市槐树街 2 号四川文艺出版社邮购部　610031
排　　版　四川胜翔数码印务设计有限公司
印　　刷　四川华龙印务有限公司
成品尺寸　145mm×210mm　　开　本　32 开
印　　张　6.5　　　　　　　　字　数　160 千
版　　次　2019 年 3 月第一版　印　次　2019 年 3 月第一次印刷
书　　号　ISBN 978-7-5411-4911-5
定　　价　46.00 元

目录

第三辑　生活·教育

第一辑

| 旅游·文艺 |

柏林就是一幅画

其实，不止是柏林，每一座文化名城，每一个幽雅小镇，在我的眼里和心中，都是一幅色彩斑斓的画卷，美不胜收，让人流连。

趁着耶稣升天节四天长周末，我们决定带女儿一起重游柏林。之前我们去过三次柏林，第一次是在 1993 年，距离现在二十三年了。那时父亲带着我和男友乘火车途径汉诺威，在柏林逗留了一周，借住在他外出度假的朋友家里。在父亲生动翔实的导游下，我们两个初来德国留学的年轻人，把柏林有名有姓的景点玩了个遍。第二次是在 2001 年的一个周末，我们专程开车去接父母来家里小住，其时父亲在柏林刚领取了"洪堡研究奖"。那时公司刚起步，我们来回只有周末两天时间，行程匆忙，只游览了修缮一新的国会大厦，在玻璃穹顶上漫步，在露天瞭望台上留影。第三次是去参加每年一度的一个国际博览会，满脑子都是工作，无暇游览，记得只去新建的索尼中心逛了逛。而这次，一是觉得女儿应该去德国的首都看一看，百闻不如一见；二是柏林这样的地方百去不厌，有太多值得观赏的东西。这几年我心里总有再去柏林的愿望，比如在电视上看见柏林灯光节的时候，那些熟悉而美丽的建筑在夜幕下，在魔幻般的光影中，是那么的魅惑诱人。每年，柏林爱乐乐团在老巢柏林爱乐音乐厅举行的新年音乐会和夏季在露天剧场举办的森林音乐会都令人心驰神往。还有那么多的博物馆，尤其是美术馆和画廊，那一幅幅穿越时光的精美原作，就在那里静静地等待着每一位参观者的到来，无声胜有声地述说着百年的星移斗转、沧海桑田。

我们驾车前往柏林，刚上高速就遇到塞车，我于是后悔没有乘飞机或火车。五百多公里的路程，看上去并不遥远，以前开过两次，都没觉得有问题。但旅游需要的就是时间。纸上距离需要五个小时，并不算久，可是加上实际堵车和休息的时间，七八个小时才能到达。时间让人遗忘伤痛，也让人忘记教训，我早把几年前开车去慕尼黑的苦痛抛在脑后了。当时遇到修路，一路塞车。到朋友家时，已是夜深，两个苦苦等待小伙伴的孩子都熬不住上床睡觉了。真是好了伤疤忘了疼。自驾，听起来自由浪漫、随心所欲，其实仅适合短途旅程或享有悠长假期的人群，走走停停，不愁时间。以后再自驾游，至多两三百公里的距离，或至少得有一周的闲暇。

当终于能够顺畅地跑起来时，轮到先生后悔不迭了。一念之差，没有开他那辆电动车——不仅不需要汽油，而且合适的地段可以自动驾驶。试想，长时间地在一马平川的高速路上，不用手握方向盘，不用脚踩油门，多么轻松自在，省心省力。

先生当时顾虑的是路途中充电耽误时间，另外城里还不是到处都有充电桩，于是心里不踏实。长途旅行时，输入目的地，汽车导航会自动帮你计划应该在何处充电、充多久。根据距离的长短，一般一次需要半个小时不等。结果出门一体验，都不成问题，高速上反正需要停车休息。充电桩不敢说哪里都有，但柏林市内有足够的充电桩，只是还不像加油站那么随处可见。新技术的普及和使用从来都不是一朝一夕的事情。对新生事物，人们有一个从心理到行动的适应过程。为了节省能源和保护环境，电动车替代普通车是大势所趋。下一次出门旅游，无论距离长短，都开电动车出门吧。

当我们终于抵达胜利纪念柱，开上宽广而笔直的六月十七日大街（为纪念东德 1953 年 6 月 17 日的民众起义而命名），柏林最古老的城市公园、被昵称为"柏林的绿肺"的蒂尔加滕公园（Tiergarten，又称动物园）展现在我们眼前。那一望无际的绿荫，郁郁葱葱，遮霞蔽日，每每经过它的时候，都让我心情舒畅，禁不住慨叹："太美了！"人们在这里消磨时光，散步慢跑、骑车遛狗、读书喝咖啡。一位居住在柏林的德国朋友说："来到这里，我会忘记所有的烦恼。夏天的时候，我最喜欢铺条毯子，躺在树下，看天上的白云。那一刻，我感觉到内心的平静与安宁。"

　　来到两年前球迷们欢庆德国队第四次捧回大力神杯的勃兰登堡门前，旅途的劳顿早已被沿途的美景抚平抹净。傍晚的霞光洒在门顶上方的胜利女神身上，仿佛为她披上了金色的盔甲。5 月的柏林，春风和煦，好似一首老歌唱的：春风她吻上了我的脸，告诉我现在是春天。夏时制之间的春秋两季，是德国最美好的旅游时节，冷热适中，日照时间长，到晚上九点钟天才黑。这么大好的春光，怡人的夜晚，是户外活动的良辰。我们漫步到国会大厦和总理府前，这里游人如织。许多人拿着在网上预订的免费门票，排队进入国会大厦参观。清澈的玻璃拱顶一览无遗，从外面就能看见蜿蜒行走在螺旋斜坡上的游客。我们征询女儿的意见，想不想进去走走看看，我们愿意陪她再走一趟。女儿努努嘴说，班上同学差不多都去过柏林了，听说她要去，大家便七嘴八舌地议论开了。一位男同学说，柏林最无趣的地方就数国会大厦了，而在玻璃穹顶里的"傻走"，是他迄今为止做过的最无聊的事情。所以她也没兴趣。我告诉女儿："上次你不是问我，什么是中国熊孩子吗？你这位同学就是德国熊孩子。"

　　我们离开国会大厦，穿过蒂尔加滕公园，经过勃兰登堡门，向波茨坦广场旁边的索尼中心踱步而去。在这短短的步行不过十分钟的路途中，在柏林的心脏地带，默然矗立着三个带给人阴森恐怖和沉痛记忆的纪念碑，分别是纳粹时期欧洲吉卜赛人被害纪念碑、欧洲被害犹太人纪念碑和被迫害的同性恋者纪念碑。人们在纪念碑前驻足、沉思。摆放在石碑上的鲜花，仿佛在默默祈祷：在这片滋生过邪恶与暴力的土地上，历史不可遗忘，悲剧不能重演。

　　这次去柏林前，我问父亲，最推荐我们带孩子去哪里。和二十三年前一样，他脱口而出：博物馆岛，佩加蒙博物馆。是的，就是它，德国访问人数最多的博物馆，因藏有著名的佩加蒙神坛而得其名。其馆藏数量丰富，品质一流，享誉世界。于是第二天，我们在博物馆岛消遣享受了一整天，不仅重温了佩加蒙博物馆，还参观了新博物馆（Neues Museum）和国家美术馆（Alte Nationalgalerie，又称国家老画廊）。新博物馆的名字真是"徒有虚名"啊，它其实并不年轻了，建成开馆于1855年，只是相较于岛上另外一座诞生于1830年的"老大哥"老博物馆（Altes Museum）而言，只能自称为新了。新博物馆的镇馆之宝是埃及女王纳芙蒂蒂（Nefertiti）的半身雕像，她在该馆的地位好比蒙娜丽莎在卢浮宫，吸引着世界各地前来朝圣的艺术爱好者。国家美术馆在博物馆岛上，与新博物馆和佩加蒙博物馆毗邻而居。这三家博物馆的建筑大气磅礴，古典优雅。我们在这三家博物馆里徜徉，获得知识与美感的趣味。我在弗里德里希（Caspar David Friedrich）、门采儿（Adolph Menzel）、库尔贝（Gustave Courbet）和利伯曼（Max Liebermann）的油画前流连徘徊，不忍离去。把那些动人心扉的原作一张张用手机拍下来，供之后慢慢回味，反复欣赏，通过微信与画友们分享交流。博物馆附属的咖啡馆与商店也不容错过。那一件件可心可爱的玩意儿既是纪念，也是日常生活中用得着的物品，画册、铅笔、书签、眼镜盒，乃至明年的挂历，赏心悦目，得来全不费功夫。

我最初的心意单上本来还有这么一项：去柏林爱乐厅听一场西蒙·拉特指挥柏林爱乐乐团的音乐会。曾经在家门口的埃森爱乐厅听过一回，当时的感觉是：柏林爱乐果真名不虚传，不一样就是不一样。他们奏出的乐音当真是有色彩的，余音绕梁，三日不绝。而柏林爱乐厅是世界一流的音乐厅，音响效果绝佳，深得卡拉扬的称赞。一流的指挥率一流的乐团在自己的主场——一流的音乐厅演出，绝对值得去静心聆听和体验。结果上网一查，这个时间段他们在台北演奏贝多芬交响乐。留个遗憾也好，如果下次专门冲着他们去，保管心想事成。

另外几个参观愿望都一一实现了：国家美术馆，马克思·利伯曼在万湖湖畔的别墅故居（Liebermann-Villa am Wannsee）以及桥社美术馆（Brücken-Museum）。每一处都让我大饱眼福，感觉不虚此行。其中于2006年正式对外开放的利伯曼故居慕名已久，这次心愿得偿，莫名欢喜。

利伯曼万湖别墅位于柏林与波茨坦之间。从别墅走到岸边极目眺望，莫大的一片湖水在阳光的照射下，波光粼粼，白帆点点。微风吹来，碧波荡漾。我们在桦树林中漫步，看花坛间蝴蝶飞舞，听杨柳树梢小鸟啁啾。晒台上，游客面朝湖水，三三两两围坐在桌边，悠闲自在地喝着咖啡，品着蛋糕，闲话家常。我和女儿在故居一楼的电脑前，目不转睛地观看介绍利伯曼生平和作品的录像。先生读着墙上有关利伯曼故居变迁的故事。因为利伯曼是犹太人的缘故，在他故去五年后的1940年，故居被迫贱卖给纳粹政府。为了躲避迫害，唯一的女儿和外孙女远走美国。夫人独自一人滞留德国，受尽磨难，于1943年自尽而亡，令人扼腕。

二楼展览室里的油画寥寥几幅，多是他晚年在此居住时创作的作品。从画家工作室往外眺望，无论从哪一个角度看出去，前后花园尽收眼底，处处是风景。景在画中，画在景里，养眼静心，令人心旷神怡。

我们还驱车去了波茨坦的无忧宫。我俩是第三次去了，有次是专门带好朋友从德累斯顿开车过来游玩。这么美好的地方，建筑与风景相映成趣，游多少遍都不厌倦。女儿一路跑啊跳啊，陶醉在蓝天白云、风和日丽的大自然里。

柏林之行短短四天，所到之处，无不感受到自然的秀丽之美、历史的厚重之美、建筑的典雅之美和文化艺术的清丽与丰饶之美。如甘泉，似陈酿，让人愿意久久浸泡其中，沉醉其间，无意归去，不愿醒来。

汉堡——"德国通往世界的门户"

德国的文化名城星罗棋布，各具特色。悉心维护的自然与人文环境交相辉映，精心设计的新旧建筑完美融合，处处予人美的享受，让人禁不住慨叹造物主的神奇与人类的智慧。

先后去过四次汉堡。每次的观感和心情都不同。

第一次去汉堡是在 1995 年的夏天，只能算是路过，那时还在杜塞尔多夫的海涅大学念书，乘火车到汉堡，然后从那里乘船去哥本哈根。记得当时从火车站出来，到附近的步行街溜达了一圈，吃了可口的意大利冰淇淋，拍了几张照片，颇有到此一游的意味。但好歹算是和这座享誉世界的汉莎同盟城市（Hansestadt），"德国通往世界的门户"（das Tor zur Welt），有了一面之缘。心里暗自思忖：以后肯定还会再来的。

第二次专程赴汉堡，是 1999 年的 Pfingsten（圣灵降临节），利用四天的长周末开车自驾游。意外撞见一个年轻人的大聚会，人山人海，载歌载舞，原来是 Techno Party 正在汉堡举办。欧洲乃至世界各地的青年人齐聚一堂，在音乐的伴奏和酒精的刺激下尽情狂欢。

在汉堡市政厅广场前的手工市场上，我买了一个手工制作的黄蓝波纹相间的茶壶，色彩斑斓，沉静润泽，让人爱不释手，天天泡茶用。一次壶嘴不小心碰掉一块瓷，我担心进一步损坏，便把它搁置在玻璃柜里做装饰，从日用品升格成了纪念品。

犹记得当年走街串巷，把汉堡知名的景点逛了个遍。三度毁坏三度重建的圣米歇尔里斯主座教堂（die Hauptkirche St. Michaelis），是汉堡的标志性建筑之一，几个世纪以来，行驶在易北河上的船夫远远瞧见它，就知道汉堡近在咫尺了，它仿佛一座灯塔，不仅给渔夫和水手以指引，也给前来祷告和忏悔的信徒以安慰和力量。这座三百多年的巴洛克式建筑，不仅是当地人祖祖辈辈做礼拜的圣地，也是世界观光客怀古思今的所在。

离开那天是周日，我上闹钟起了个大早，去诞生于1703年的汉堡渔市凑热闹，这里不仅能买到新鲜鱼虾、熏鱼腌鱼，还能买到物美价廉的各类蔬菜、水果和花草树木。膀大腰圆的商贩们卖力地叫喊，带着北德口音的吆喝声此起彼伏，他们热情地招待客人免费品尝，场面轻松而欢快。形形色色的外来客与本地人比肩接踵，人们兴奋地东张西望，互相微笑着打量逗趣，在此热闹气氛的感染下，大家抑制不住地买东买西，大包小包地鱼贯而出。我们也七七八八采购了一大堆，心满意足地打道回府。

第三次趁出差开会的空当，我一个人徜徉到市政厅，在导游的带领下参观了这座保存完好的19世纪的建筑。气势恢宏的外观，繁复精致的内部，彰显着汉莎同盟古城的富裕与繁荣。面对富丽堂皇的古老大厅、黝黑发亮的青铜雕塑、绚烂的雕花玻璃、圆形吊灯、红木家具和厚重壁炉，导游如数家珍，娓娓道来：百年来，汉堡市民就有权旁听在市会议厅举行的市议会；矗立在市议会入口处的两尊白色大理石雕像，分别名为"仁慈"和"公平"，时时警醒着位高权重者以此美德为处世与公务之准绳。

参观完毕，我兴致勃勃地去游船（Alsterrundfahrt），这是我在欧洲游船所见过的最美的水道之一，既有不同于阿姆斯特丹和威尼斯宽阔河面的风采，也有不逊于斯特拉斯堡与布鲁日幽静河道的风情。船从阿斯特尔水道（Alsterkanäle）滑过，两旁茂密的大树遮天蔽日，岸上别墅错落有致，不闻人声不见人影，绿茵坪上的秋千静静伫立，苗圃里的花朵竞相绽放，湖畔的小木船随着水波轻轻起伏，柳树默默弯腰倒垂水中，说不出的安详与宁静。在这与繁华闹市一隔之隔的地方，只有满眼的翠绿，和汩汩的水流声，仿佛世外桃源一般。这次游船成为我对绿色汉堡最美好的记忆。没错，德国的大都市都有一颗绿色的心脏，一如柏林和慕尼黑，在最是寸金寸土的市中心，德国人守护住了那甚为珍贵的一抹绿色。

　　第四次是利用今年的耶稣升天节（Christliche Himmelfahrt）的长周末去汉堡，最想见到的是新落成的汉堡易北爱乐音乐厅，但只能远观而无法入场聆听，因为节假日的音乐会门票早就售罄。伴随着隆重的庆祝仪式和精彩的开幕音乐会，易北音乐厅让世人惊艳，爱乐人都想走进这座新地标建筑，亲身体验现代科技带来的超凡的声响效果。

　　罢罢罢，退而求其次，我们去观赏了慕名已久的迪士尼音乐剧《狮子王》（Der König der Löwen），其专用剧场 Stage Theater（舞台剧场）坐落在易北河畔，与易北爱乐音乐厅隔河相望。我们在汉堡港的码头栈桥（Landungsbrücke）搭乘免费的穿梭船横跨易北河前往剧场，在摆渡船上，对着阳光下熠熠生辉的音乐厅，拍下了无数美丽的照片。

　　《狮子王》是德国迄今为止上演时间最长也最为成功的音乐剧，汉堡因此被誉为德国的"音乐剧之都"。从 2001 年 12 月首演以来，每天有演出，周末和节假日甚至一天连演两场，很难想象，两千多人的剧场，十五年来的六千场演出场场爆满，毫无疑问，它是德国最火爆的音乐演出，无论古典还是现代，没有任何音乐会能与之抗衡。这部音乐剧老少咸宜，不分国籍人种，大家都被缤纷多彩的灯光布景、高亢嘹亮的歌声旋律和扣人心弦的故事情节所吸引。

20世纪90年代，音乐剧在德国非常流行，有一年过生日，我请德国员工同看音乐剧，他们乐不可支。我们在杜伊斯堡看过《巴黎圣母院》，在埃森看过《伊丽莎白》《阿依达》和《艾薇塔》。那个时候我曾想去斯图加特看驻院演出的《西贡小姐》（*Miss Saigon*），但没有成行。这些年来，音乐剧在德国纷纷落下了帷幕，曾经的专用剧场派了别的用处，只有时不时还能看见其中一些经典剧目如《歌剧魅影》《伊丽莎白》等的短期巡演。而汉堡《狮子王》却一枝独秀，随着时间的流逝声名大噪，成为德国音乐剧的一个奇迹。

也许，不仅是因为这部音乐剧本身出色，还因为汉堡作为德国的第二大都市，对世界各地的游客而言，拥有毋庸置疑的吸引力，多少人慕名前往，这不，十四岁的中学生都知道，去汉堡就一定要去看《狮子王》，这次是女儿点名要去的。而我更青睐 John Neumeier 的汉堡芭蕾舞剧团和易北爱乐音乐厅。对音乐剧着迷的日子已经不知不觉离我远去。看见他们父女俩那么着迷和兴奋，我情不自禁地感到开心。

舞台剧场前的两个雕塑不可小觑，分别出自西班牙画家达利和当代女画家、女雕塑家 Niki de Saint Phalle 之手，后者的《娜娜》系列雕塑在德国家喻户晓，杜伊斯堡市中心就有一座巨大的"娜娜"紧抱大鸟的雕塑。

这次在汉堡不期而遇她的姐妹，老远就认出来了，不会错的：同一副厚墩墩、圆滚滚的模样，同一派天真无邪的表情，浑厚结实的大腿和胳膊，浑圆丰满的乳房和臀部，身着艳丽的泳衣，一个人在海边快乐地起舞，毫不顾忌旁人的目光，毫不畏惧风吹浪打，只管自娱自乐，是那样的无牵无挂、无拘无束、无忧无虑。"娜娜"怎么看上去那么的怡然自得、心旷神怡？嗯，难怪呢，"娜娜"面对的可是世界最昂贵的一流音乐厅呢，"她"终于建成了。但也许在"娜娜"眼里，"她"不过只是一个隔河相望的玩伴而已，名叫"爱妃"（汉堡人昵称他们的易北爱乐音乐厅 die Elbphilharmonie 为 die Elphi）。

人气上可以媲美《狮子王》的另一处汉堡热门景点是设立在仓库城（Speicherstadt）的微缩景观世界（Miniatur Wunderland）。不仅德国人为之倾倒，外国游客也趋之若鹜。在德国权威旅游机构——die Deutsche Zentrale für Tourismus——2016 年举行的民意调查中，它被评为德国最受外国游客喜爱的景点，排在了柏林勃兰登堡门、科隆大教堂、海德堡老城和新天鹅堡之前，十六年来的参观人数已达到一千五百万之多，汉堡人引以为傲。

微缩景观世界拥有世上最大的数控铁路模型场景，从家门口的汉堡港口到阿尔卑斯山脉，从斯堪的纳维亚到美国大峡谷，这里的美景应有尽有，并且还在不断地增加。普通游客、技术迷、摄影爱好者、小孩老人都能够在这里找到自己喜爱的风景和场所。这里也是我家工科男指名道姓要去的地方，我跟随。一家人在一起享受天伦，善莫大焉。

我最喜欢的模型还是"汉堡易北爱乐音乐厅"，以 1：87 的比例建成，美艳不可方物。太绝了，竟然是可以打开的音乐厅，可以窥见内部的舞台、指挥、乐队和观众，还有侧面的豪华酒店和公寓，与底层的酒店大堂和开放露台。更奇妙的是，每十五分钟轮换一次白天与黑夜，夜色中的音乐厅别有一番妖媚。另外一处让我们目不转睛观看良久的是飞机的起飞、降落与滑行。

这处由热忱爱好发展而来的景点受人追捧，这种依靠智慧和毅力而来之不易的吉尼斯纪录让人佩服，它用模型生动地展示着汉堡的过去与现在，历久弥新，生机勃勃。

汉堡，它不仅是德国通向世界的门户，也是德国向世人打开的一扇窗，一扇科技与艺术之窗。

这座八百岁高龄的海港城市，滋养了门德尔松与勃拉姆斯，一天天优雅地老去；也诞生了"娜娜"和"爱妃"，充满了朝气与活力，一天天优雅地年轻着，生生不息。

漫步美术馆

在德国长期生活的人大都体会到，德国人的文化生活丰富多彩，音乐厅、剧院、博物馆和美术馆星罗棋布，各类演出和展览不仅数量众多，而且五花八门、各具特色，让人应接不暇。

从南到北，只要你愿意，都可以信步走进一家或大或小、或旧或新的美术馆或画廊，慢慢浏览和欣赏那些画作，沉浸在几百年历史的长河中，冥思遐想、流连忘返。

德累斯顿的老画廊，又称历代大师画廊（Gemäldegalerie Alte Meister），藏有大量世界名画，其中，以拉斐尔的《西斯廷圣母》最为著名。这幅画中，圣母的形象温柔秀丽，怀抱小基督，充满了殷殷的母爱。趴在画下方的两个小天使，睁着骨碌碌的大眼睛，仰望着圣母的翩翩降临，童真与稚气，跃然纸上，让人感到极为亲切和有趣。这幅画我以前念中学时，第一次在教科书里见到，当时惊叹于画面的圣洁和美丽，留下了深刻的印象。时隔多年，远渡重洋，蓦然站在它的面前，亲睹其历经近四百余年沧桑而不变的风韵与神采，那种震撼与欣喜可想而知。

在德国，能够与德累斯顿的老画廊分庭抗礼的，应该非慕尼黑的老绘画陈列馆（die alte Pinakothek München）莫属。这一北一南的两座最为古老的德国画廊，其收藏历史大致始于 16 世纪，横跨几个世纪，分别藏有历年历代、各国各流派的众多精品，包括达·芬奇、拉斐尔、丢勒、提香、伦勃朗、布歇等世界一流画家的传世之作。两家画廊还不约而同地重金收购、捷足先得了大量法兰德斯画派的代表人物鲁本斯的画作。其中，德累斯顿藏有十九幅之多，而慕尼黑的藏品更达三十二幅之巨，在世界上首屈一指，其中包括鲁本斯的鸿篇巨制《审判日》。这两座历史悠久的画廊，不仅是德国最负盛名的美术馆，也是当之无愧的世界顶级艺术宝库，参观者常年络绎不绝。

无论德累斯顿还是慕尼黑，除了闻名遐迩的老画廊，还有与之相呼应的新画廊和现代画廊，收藏有包括法国印象派和德国表现主义的大量的珍贵藏画，其中不乏印象派先驱马奈、莫奈、雷诺阿，后印象派塞尚、凡·高、高更，以及毕加索、达利和蒙克的作品，让人大饱眼福，驻足赞叹。慕尼黑新画廊中最为著名的应该是凡·高绘于1888年的《向日葵》，为此而来的艺术爱好者踏破了门槛。

由于这两座美术馆的卓越声誉，我第一次到德累斯顿和慕尼黑旅游的时候，就慕名参观过其新老画廊。它们的魅力在于，你一次是看不完的，而且永远都是看不够的。只要去到那两座城，我就不由自主地抬腿迈进去，从头细细看起，游走在时光的隧道里。我尤其偏爱画家笔下那些质朴的普通人形象，给狗狗捉虱子的孩子、倒牛奶的健硕的农妇、在窗边读信的柔美的少女、在慕尼黑露天啤酒园喝水的孩子、阁楼里贫困交加的诗人，还有画家笔下旧日安特卫普月色下的市集广场、蒙蒙细雨中的威尼斯圣马可大教堂和德累斯顿易北河畔的旖旎风光。

有着百年历史的施泰德美术馆（Städelmuseum），坐落在德国的金融之都法兰克福的美茵河畔，其馆藏的艺术品，贯穿整整七百年的艺术史，由五个展区组成，包括从1300年至1800年的古代绘画馆，从1800至1945年的现代绘画馆和从1945年至今的当代艺术馆，另外还有户外的雕塑展和大厅左侧的素描馆。

其占地面积有七千五百平方米之广，仅绘画作品就有三千幅之多，让人眼花缭乱、目不暇接。这里的艺术精品除了扬凡爱克、波提切利和拉斐尔的画作外，还有一幅最能代表法兰克福的绘画作品，就是法兰克福最著名和最伟大的儿子歌德的画像。这幅由与歌德同时代的著名画家梯斯巴因（Johann Heinrich Wilhelm Tischbein）创作于1787年的歌德肖像《歌德在罗马郊外的乡村中》（Goethe in der römischen Campagna），是众多歌德肖像中最为著名的一幅，现在摆放在施泰德美术馆最醒目的位置。跨进一楼的现代绘画馆，迎面墙上挂着的就是这幅著名的歌德肖像画。差不多每一本介绍歌德的专著中都有它的位置。我的父母都是日耳曼文学教授，父亲译介歌德著作超过半个世纪，家里满橱满柜都是与歌德相关的书籍，我念大学主攻的也是日耳曼文学；对我来讲，歌德的画像是一幅记忆的画卷，不用想起，不曾忘记，是少年时代手不释卷和大学时代孜孜求学的温馨记忆。看见它，禁不住叹一声：哦，原来你在这里。其印刷品在法兰克福的歌德故居也有售卖，受到热爱大文豪歌德作品的文学爱好者们的追捧。

施泰德美术馆还定期举办特展，曾经举办过意大利15世纪绘画大师桑德罗·波提切利（Sandro Botticelli）的绘画展，每天迎来一万之众的访客。这也难怪，当年我们去佛罗伦萨的乌菲齐美术馆朝圣，最想看到的画作之一，就是这位大师的《维纳斯的诞生》。

在2011年至2012年举办的德国表现主义大师马克思·贝克曼（Max Beckmann）的特展中，有九幅油画精品是施泰德美术馆的馆藏作品。贝克曼曾经在法兰克福居住数年，与施泰德美术馆颇有渊源，不仅在当时的施泰德美术学校任教，还与当时的馆长颇有私交，故施泰德近水楼台，收购了包括《法兰克福火车站》《法兰克福犹太教堂》和《萨克斯风》（Stillleben mit Saxofonen）在内的数幅贝克曼的油画精品。其中一幅《双人肖像》画于1923年，饶有故事，描画的是当时施泰德馆长的夫人与他年仅十八岁的情妇。两个水火不相容的女人并排端坐在一起，目不斜视，各看各的，眉头紧蹙，郁郁寡欢。贝克曼肆意地把她们定格在一个狭小而局促的空间里，夫人手里拿着情妇的扇子，这在当时的现实生活中是不可能发生的事情，是画家天马行空的恣意之作。这幅画的文字解说特意说明，这幅画不是定制品，两个女人曾分别做过画家的肖像模特。不知当年三位当事人，看了此画作何感想。如今整整九十个年头过去了，火车站、教堂和美术馆犹在，而斯人均已远去，一切皆已成空，唯留下这幅传世的画作，默默诉说女人的不安、不平与不甘。

从去年的金秋十月到今年的二月初，施泰德美术馆又成功举办了历时近四个月的丢勒画展，盛况空前。施泰德不惜重金从世界各大美术馆借来的丢勒代表作，排列在上下两层的展厅里，吸引了来自德国各地乃至欧洲各国的艺术爱好者。参观者之众让人咋舌，哪怕是在工作日也不例外。售票处不得不从大厅移到了大门口临时搭建的小房子里，寒冷的街道上排起了长龙，每个人都兴致勃勃、急不可耐的样子。我暗暗庆幸事先在网上买好了门票，得以扬长而入。进去后才发现，寄存衣服和出租解说机的地方都得排队，而展厅里也是人头攒动、熙来攘往。

这样接连不断的重量级的特展，丰富的馆藏品，和精益求精、美轮美奂的布展，外加精心准备的宣传片、导读词条、专业的解说和讲座，还有厚厚的德英两种语言的特展画册等等，无不让观众觉得赏心悦目、受益良多。施泰德美术馆在2013年获得德国最佳博物馆的荣誉，看来名至实归，绝非浪得虚名。

信笔写下的这三处德国美术馆，只是遍布德国各大城市和乡镇的众多美术场馆中、我亲身体验过不下两三次的佼佼者而已。在我生活的周边，还有多家非常不错的美术馆、雕塑馆和艺术馆。既然近在咫尺，我都兴致勃勃地一一参观。徜徉其间，让眼睛来一顿盛宴，让心灵做一场穿越时光隧道的美梦。平日的旅途中，我也会兴之所至地拜访一些当地有特色的，或者我特别感兴趣的某个艺术流派的专业美术馆，它们都给我留下难以磨灭的美好记忆，给我平凡而简单的生活抹上了一道熠熠生辉的霞光，仿佛一场绵绵春雨，无声无息地飘过茫茫草原，滋润了灵魂，让人回味无穷。

偷得浮生半日闲。凡夫俗子的柴米油盐中，不妨掺点诗歌、音乐与绘画；忙完白天的营营碌碌，静夜思里来点渴望与梦想，哪怕仅仅是梦想一幅画，梦想踏过千山万水，只为与一幅画，来一场约会。

音乐会的礼仪

德国是古典乐迷的精神家园，年复一年层出不穷的音乐节，五花八门的音乐会让乐迷们乐此不疲、欲罢不能。好友深谙我是古典音乐发烧友，沉迷现场音乐会和歌剧，于是发来网上一篇文章《音乐会礼仪知多少》（作者不详），与我探讨。首先，我觉得网上流传一篇这样的文章非常好，可以普及大众听音乐会的常识。没有谁生下来就彬彬有礼，知书达理的关键在于启蒙与教育，不同的场合需要不同的礼仪，知其可为，知其不可为，方可在一些相对正式与庄重的场合气定神闲、应付自如。

我一直想写在德国听音乐会的各种趣事儿，那不仅是活灵活现的美好回忆，还是心灵的财富，让人回味和津津乐道，现在就从这篇有关礼仪的话题谈起吧。

德国人守时是出了名的，在音乐会上更是如此，这已经不是礼仪不礼仪的问题了，谁不守时，谁就会自食其果，吃亏的人是你自己，对此，我有过切肤之痛，记忆犹新。20世纪90年代，我和先生第一次去德累斯顿旅游，预订了晚上在森珀歌剧院（Semper Oper）观看柴可夫斯基的芭蕾舞剧《胡桃夹子》的戏票，由于贪玩和塞车，外加预先在时间上没有打好充分的提前量，我们迟到了。这一次，我结结实实地体验到了德国人的严谨与古板。剧场的大门紧锁，我们不得入内，作为安慰和补偿，我们被安排在歌剧院的前厅观看《胡桃夹子》的电视录像，与剧场里的观众同步。由此可见，这样的事情不是第一次发生，管理者对此应付自如。

靠在软绵绵的座椅上，我全然没有心情去环顾四周古老而典雅的内部装潢，只觉得如坐针毡，盼着中场休息快点到来，好进入剧场里面观看，这样一折腾，我们错过了一半的演出。

N年后我在欣赏俄罗斯女高音奈瑞贝科（Anna Netrebko）主演的柴可夫斯基的《约兰塔》（Iolanta）时，心里暗自庆幸，幸亏当年的《胡桃夹子》是两幕芭蕾舞剧，要是换成《约兰塔》这样的独幕歌剧，我们岂不是连剧场的门都进不去了。

当然，这是旅行中发生的意外，下不为例，以后的音乐会，特别是在陌生地方举行的，我都一定在时间上打足提前量，留有充分的停车或打车的时间。听音乐会本该是一件优哉游哉的娱乐与消遣，如果还匆匆忙忙、慌慌张张，就失去了静心、舒心和养心的意义。

德国的音乐会，很少有人迟到，或者更准确地说，即使有人迟到了，你也感觉不到，更不会因此而受到干扰和影响。听众都在入场的提示音响起后陆续进场，有条不紊。2013年是瓦格纳诞辰二百周年的纪念年，德国各地都举行了各种纪念性质的演出，新年之后，埃森爱乐厅（Essen Philharmonie）上演了瓦格纳的最后一部歌剧《帕西发尔》（Parsifal），指挥和担纲主演的都是大腕儿和名角儿，因此吸引了包括来自汉堡等远方城市的爱乐者。那天大雪纷飞，高速路上严重塞车，平时只需要二十分钟的路程，我不得不开了双倍多的时间，总算及时赶到，还有闲暇寄存大衣和购买节目单。就算这样的鬼天气，和严重的道路拥堵，音乐会也是准时开演，丝毫不受外界影响。

音乐会在德国被当作很好的休闲和娱乐，德国人不给自己制造时间压力，总是早早到场，寄存外套，慢条斯理地喝矿泉水、啤酒、香槟或葡萄酒，杯盏交错间谈笑风生，或者静心浏览节目单，随意走一走，瞅瞅大厅里出售的各种音乐书籍和碟子，一句话，慎重地对待音乐会，充分地享受整个过程，乐在当下。

在德国，与其说守时是听音乐会所需要遵守的礼仪，不如说是善待自己的必须。为了避免影响他人观看，德国音乐厅对迟到者有严格的制约，迟到莫入，只能苦哈哈地等到歌剧、芭蕾舞剧的中场以后、交响乐的乐章之间，或者独奏作品的间歇进入。音乐厅对时间的精确遵守和对迟到者的严厉管束，最大程度上节省了大众的宝贵时间，为其在视觉和听觉上不受干扰地享受音乐提供了保障，并且逐渐形成了良性循环。

在衣着上，音乐厅的规定是着正装即可，德国各地和各剧场的礼仪不尽相同，就算同一个剧场，不同的年代，着装的风格也不一样，人们的审美与品位在悄然间发生着改变，整个趋势是逐渐平民化和简单化。平常穿着上班的衣服，只要干净整洁，就可以穿去听任何正规的古典音乐会，既不需要西装革履，也不需要长裙飘飘，领带首饰全凭个人喜好，甚至比打高尔夫球的着装要求都低，后者不允许穿着无领T恤衫上场，而音乐会在着装上没有这样拘谨的要求，更与穿金戴银、名牌华服无关，需要的只是一颗热爱音乐的善感的心。而在一年一度于拜罗伊特举行的瓦格纳音乐节的开幕式上，才必须绫罗绸缎、锦衣华服、燕尾服加蝴蝶结，毕竟，那是德国最高规格的音乐盛会，到场的人物都是像默克尔总理那样的非富即贵，与我们平日里参加的音乐会不可同日而语。

不过，话说回来，一般去听音乐会的人，都把这个夜晚当作享受和娱乐，人的心情亮，着装也就比较讲究，悦己悦人，小观众常常被打扮得很漂亮，穿着雅致的裙子和锃亮的皮鞋，与平日里上学玩耍时的随意装束判若两人。

名团名家出演的重大音乐会，特别是票价昂贵的歌剧，女士们着装分外考究，男士们仪表更显绅士。2017年5月巴登巴登的节日剧院上演了莫扎特著名的歌剧《唐璜》，由当红的奈瑞贝科夫妻领衔主演，女士们衣香鬓影、珠光宝气，男士们衣冠楚楚、风度翩翩，人们在享受音乐的同时，也享受着轻松愉快的社交生活，充分展示自己美好的一面，包括服饰上的赏心悦目；一场歌剧，两拨演员，台上场下，熠熠生辉。

德国音乐厅明文规定音乐会期间不能开手机、拍照和录像，有的音乐家非常忌讳这一点，一旦受到打扰，他们会暂时中止演出，离场以示不满。去年的鲁尔钢琴节上，就发生过一次这样的不愉快事件，著名的波兰钢琴家克里斯蒂安·齐默尔曼（Krystian Zimerman）因为被近在咫尺的观众录像，于是勃然大怒、撒手而去，弹奏中的美妙动听的贝多芬奏鸣曲戛然而止。其实，不仅仅是音乐家需要一个安静的环境，听众的视线也会受到照相或录像的影响。

有的节目单上还提醒听众，在演奏中间翻阅节目单时，最好不要发出声响，以免影响音乐家和身边的听众；有的音乐厅免费提供止咳糖和纸巾。一句话，在演出中保持绝对安静是必修课，不能交头接耳和窃窃私语，只能在节目和乐章之间交谈，尽量不要咳嗽。你本是冲着欣赏音乐而来，那么做到两个字足矣，那就是"聆听"。德国的音乐会常常给我这样一个印象，听众仿佛是屏着气息、纹丝不动、全神贯注地在聆听，故乐章或节目间歇的时候，满场都是清喉咙和咳嗽的声音，此起彼伏，可谓音乐会独有的一景。

掌声表达的是对音乐家的尊重、肯定和发自内心的赞赏，但不能随意鼓掌。在观看古典音乐会时，约定俗成的做法是，乐章之间不鼓掌，一是为了保证作品的连贯性和整体性；二是为了不打乱和干扰演奏者的情绪。音乐家登台时、特别是演出结束后的掌声，那是越热烈越好。

在我眼里，德国人是宽容、热情而多礼的观众，无论音乐剧还是歌剧，无论现代舞还是芭蕾舞，无论爵士乐还是古典乐，没有哪一场的观众不是巴掌拍得啪啪响，掌声如潮水般涌来，甚至跺脚叫好、起立致意，很少有人在演出一结束就匆匆离场，大家一般都是使劲鼓掌，翘首盼望返场曲，等到音乐家加演后，再次用热烈的掌声表达对他们辛勤工作的谢意，目送着他们离场，然后才心满意足、意犹未尽地姗姗离开，边走边兴奋地与同伴交换观感。

德国观众的友好与热情，不仅仅出于修养和礼仪，也体现了他们对音乐和艺术发自内心的热爱，对音乐家与艺术工作者由衷的尊重和敬佩。

名城巴登巴登

在南方人眼里，冬天不是一个好的旅游季节。一身臃肿不说，还冻手冻脚；这都还在其次，主要是没有了那满目的郁郁葱葱和鸟语花香，到处光秃秃的，于冷寒中平添一番苍凉。

2012年2月，我终于去了向往已久的德国著名度假胜地巴登巴登。

还在中国念德语的时候，巴登巴登在我脑海中，是留有罗马人浴场遗址的古老温泉城，有着德国最古老和最大的赌场，是历年历代以来，欧洲富人们避暑的夏都。

来德国留学后，在女性杂志上，多次看到有关巴登巴登的消息：每年春秋两季，在此举行的赛马比赛历史悠久，届时，这里不仅仅是普通民众赌输赢的地方，也是名媛贵妇们戴着各色大礼帽，珠光宝气地争奇斗艳的场所。

冒着酷寒去那里，是为了顺便在当地享有盛名的节庆大剧院（Festspielhaus）欣赏一场郎朗的贝多芬钢协。这家大剧院是欧洲最大的剧院，每个演出季的节目内容丰富多彩，经常上演名角主演的歌剧、芭蕾舞剧等等，让乐迷们趋之若鹜。

来到巴登巴登，我先去老城的步行街瞎逛，这种漫无目的、优哉游哉的漫步，让人觉得很放松，走到哪里算哪里，看到多少算多少，让心随着眼动，让腿跟着心走。

在老城，那些厚重典雅的老建筑，那些装饰精美的墙面，琳琅满目的橱窗，悠然行走或驻足的路人，让人感觉到一丝沉静而怡然的小城之风。

这样的一个冬日的午后，随意走进街边的一家咖啡馆，坐在铺着绣花桌布、摆着鲜花、点着蜡烛的桌边，望着窗外来往往的行人，点一份香甜的黑森林蛋糕，配上一杯浓郁的黑咖啡，独自慢慢品呷。有的时候，生活可以这般缓慢、闲暇和美好。

出门旅游，有山有水的地方最合我意。没有大山大水也无妨，小山小丘、小溪小沟也行，只要有坡坡坎坎，只要有流水声，只要峰回路转，曲径通幽，这样的城，这样的路，这样的景，就能让我发自内心地欢喜。

离开咖啡店，穿过曲曲折折的石板路，我拾级而上，从小小山顶一览巴登巴登的美丽。每一条狭窄的小巷，上坡下坡的每一次转角与回眸，都让我觉得似曾相识，让我流连忘返。我总在想：要是夏天，这里该有多么的温暖和美好。

下午，我去参观了享有盛名的巴登巴登赌场。事先就有朋友告诉我记得带证件，进门时需要登记的。我买了五欧元的门票，存放了大衣，然后去卖筹码的窗口询问，那个卖票的老头子闲得无聊，故意开玩笑，对我煞有介事地说"很贵很贵的"，其实最便宜的筹码才两欧元一个。我想起以前去荷兰海牙赌场的情形，我什么都不会，只好去玩老虎机，被同伴们笑话说："那你不如就在德国随便哪个 Trinkhalle（便利店）就可以玩了。"

这次我索性一个筹码都没买，就进去随便看看。因为还是下午，重量级的赌客们还没来呢，所以比较清静。厚重的丝绒窗帘把白天挡在了门外，里面点着灯，装潢得美轮美奂，让人仿佛走进了某个小皇宫的感觉。每个赌厅里都有各式各样的雕塑、油画，为了客人的隐私，故不允许拍照。服务生和赌客们都是练家子，只是动手动脑，不用言语，故偌大的赌厅鸦雀无声，只有轮盘转动的声音。21点等好像晚上才开赌。里面赌博的女士不乏其人，都是一副泰然自若的模样，从她们的面部表情都看不出输赢。我完全不懂，想起那几个好这一口的朋友，他们在的话就会好玩多了。

古人云：美食美器两生辉。这里古老、优雅、舒适的环境，对赌客们来说应该是梦里水乡吧，偶尔赢了的人会想"人生得意须尽欢，莫使金樽空对月"，于是加大筹码，再赌一把。而运气不佳的可能是绝大多数，"千金散尽还复来"只能是自我安慰罢了。据说俄国大文豪陀思妥耶夫斯基曾在这里通宵达旦地狂赌，结果输得一塌糊涂。后来，他把这种上了赌瘾的感受，惟妙惟肖地写进了他的小说《赌徒》里，使之成为传世名作。

巴登巴登，让我觉得不虚此行、还想再去的地方，就是音乐家约翰内斯·勃拉姆斯（Johannes Brahms）的故居。说实话，去之前，我没有备课，不光是因为忙，更多的是想凭着心里的记忆和印象去这座历史悠久的名城，看它能带给我怎样的惊喜或者失落。

但没有想到，在这里与勃拉姆斯和克拉拉·舒曼不期而遇，这两位大师都曾在这座美丽的古城居住。对乐迷来说，邂逅这座德国境内独一无二的勃拉姆斯故居，是怎样的一份无法言说的惊喜啊。

仅用三言两语，无法表达对这两位在音乐史上留下浓墨重彩的大师们的敬意，与此相关的文章和图片可以单独成文，作为一个纪念。

明星遇见明星

人喜欢在岁末回顾过去一年发生的事情，不愉快的就不想了，让它随风去。愉悦的事情，有的只能揣在心里，温暖自己；有的却可以尽情与朋友分享，交流探讨。

点着迎候圣诞的红蜡烛，坐在被窝里浏览画册，回味那些美好有趣的瞬间。难忘在年初，料峭寒风中，来到法兰克福施泰德美术馆（Städel Museum），参观建馆二百周年纪念大型特展《明星遇见明星——杰作之间的对话》（Stars treffen Stars-Dialog der Meisterwerke）。

这次展览从馆藏品中挑出最具代表性的四十件作品，以此为基础，从世界各地美术馆、基金会乃至私人藏家手里借来名家名作，通过精心布展，让展品之间进行无言的对视与对话，"此时无声胜有声"，给观者耳目一新的感觉。同一位艺术家相同素材的作品，或不同艺术家相关题材的作品，从不同收藏处聚集于此，仿佛阔别经年的弟兄姐妹欢聚一堂，令观者为之啧啧惊叹。

前些年去施泰德美术馆看过几次特展，从丢勒、埃米尔·诺尔德（Emil Nolde）到莫奈，每次都乘兴而去，舒心而归，其中一些馆藏油画让人过目难忘，比如法国印象派画家德加的《乐队乐手》（*Die Orchestermusiker*），前景中三位身着黑色礼服的管弦乐手，背对着观众凝神演奏，舞台上芭蕾舞女抬眼望着你，巧笑倩兮。这次特展分别从巴黎奥塞美术馆（Musée d'Orsay）和伦敦维多利亚与阿尔伯特博物馆借来了另外两幅类似的油画，分别是《歌剧管弦乐队》（*Das Orchester der Oper*）和《芭蕾舞剧"魔鬼罗伯特"》（*Das Ballet"Robert der Teufel"*），均为乐手伴奏芭蕾舞剧的场景，视角、着色、侧重点不同，视觉效果迥异。第一幅，白领黑衣的乐师背影衬托出芭蕾舞者的甜美清新，观众的视线被舞台上的美人儿吸引住了；第二幅，芭蕾舞者退居次位，若隐若现。乐师成为画面的主角，全神贯注地演奏着，观者如果屏息倾听，仿佛能闻见若有似无的悠扬乐音；第三幅，台上群魔乱舞，台下乐师正襟危坐。但见观众席前排络腮胡绅士，蓦然转身，背向舞台，举起望远镜，眺望远处包厢的佳人，目不转睛，心驰神往。

方寸之间，台上台下，舞女乐师观众，神态动作活灵活现，让人莞尔，19世纪下半叶的法国剧院就这样活色生香地呈现在我们面前。这三幅作品（分别作于1872年、1870年和1876年），好像是一套邮票不可分割的三联张，终于被煞费苦心地收集到了一起。

德国画家马克思·利伯曼描绘阿姆斯特丹孤儿院生活的四幅油画也团圆了。其馆藏品《阿姆斯特丹孤儿院的闲暇时光》（*Freistunde im Amsterdamer Waisenhaus*，作于1881/1882年），挂在常规展醒目的位置，每次都让我驻足流连，浮想联翩。利伯曼不愧为光影大师，在他笔下，孤儿院的日常生活场景跃然纸上，恬静唯美。经过百年时光的淘洗，孤女们不幸的身世与艰辛的生活淡漠了，观者更强烈地感受到的是：生命的蓬勃与青春的朝气。年华正好的姑娘们沐浴在明媚阳光里，身穿红黑相间的长裙，婀娜腰间系着雪白围裙，如云秀发裹藏在头巾里，三三两两或立于斑驳树影下，窃窃私语，或做着女红，心无旁骛。另外三幅则分别来自维尔茨堡大学马丁·封·瓦格纳博物馆（Martin von

Wagner-Museum der Universität Würzburg)、阿尔普博物馆（Arp Museum Bahnhof Rolandseck）和私人收藏。世上声名显赫的美术馆尚有迹可循，但诸如此类不见经传、卧虎藏龙的博物馆，普通艺术爱好者很难拜访得到，有的甚至闻所未闻；而私人收藏，养在深闺人不识，更是难得一见。如此不惜工本，人物财力缺一不可的主题展，让观众饱眼福、开眼界，获得美的滋养，令人难以忘怀，心生感激。

艺海怡情，艺海拾珍，每次去施泰德都有不同的收获，这次牢牢记住了丹麦画家威尔汉姆·哈默修伊（Vilhelm Hammershøi）的大名。2012 年，通过几位私人赞助者与基金会的共同慷慨解囊，施泰德美术馆以重金购得哈默修伊的一幅油画作品，即《室内，海滩街 30 号》（Interieur, Strandgade 30）。以前观展时，这幅灰色调的作品没有引起我的注意。这次大展，同系列的五幅作品联袂展出，从左至右分别为《海滩街 30 号，室内读书的女人》《室内》、《室内，海滩街 30 号》（1901）、《室内，海滩街 30 号》（1908）和《白色的门 / 开着的门》。"五朵金花"齐刷刷亮相，相互映衬，占据着整整一面展墙，散发出沉静而微妙的气氛，夺人眼目，让人惊艳。对相同题材的不断重复、不断创新、不断发掘所带来的这种单纯而别致的美，便是系列作品的独特魅力，让人觉得熟悉而亲切，没有丝毫的单调与乏味。

威尔汉姆·哈默修伊 1864 年出身于哥本哈根商人家庭，八岁开始习画，后入美术学院就读。1891 年他与伊达（Ida）结婚，1898 年至 1909 年居住在哥本哈根海滩街 30 号的公寓里，这间公寓成为画家大部分画作的主题，这次展出的五幅油画作于 1901 年至 1908 年间。妻子伊达，室内的摆设，墙上的装饰，一扇扇门窗，日常生活的场景，成为画家取之不尽的灵感来源。就像法国印象派画家莫奈不停地描绘不同时辰不同光线下的卢昂主教堂和干草堆一样，哈默修伊不停地描绘他的"哥本哈根海滩街30号"，有关这个主题的绘画成为他最具代表性的系列作品。德国著名诗人里尔克（Rainer Maria Rilke，1875–1926）曾到哥本哈根海滩街30号拜访过画家，对他赞不绝口："昨天我与哈默修伊第一次见面……我肯定，越了解他，就越能欣赏他自然的简单与沉默。我希望能再见到他，即使我们之间无法有太多的交谈。他给我的印象是他只致力于绘画一事，至于其他的俗事，他不会也不想去做。"这栋建造于17世纪的砖砌房屋至今仍矗立在哥本哈根，丹麦政府有意以老照片和哈默修伊的画作为依据，来修葺并恢复当时艺术家居住时的面貌。

这五幅画，干净、从容、静默、无言：白色的门，暗红的桌布，空空的茶杯，厚重结实的木椅，一尘不染的木制地板，妻子读书的侧影，她的黑色长裙、她扫地时的背影、白色头帕和围裙，还有散发着金属光泽的明黄色门把手和银灰色取暖设备，焕发出一份静谧安宁的气氛，而房间的空寂、人物的背影又让人体味到一份疏离与神秘。其中《海滩街30号，室内读书的女人》（1908）显然受到荷兰画家维米尔（Hohannes Vermeer）的著名油画《读信的蓝衣女子》（*Breifleserin in Blau*，1663）的启发，画中人各自沉浸在阅读的世界里，表情沉静，内敛专注，遗忘了周遭的一切。

观者的注意力也被画面吸引住了，在画作之间反复凝视、对比、揣摩和思索，暂时淡忘了自己的喜怒哀乐，完全沉浸在艺术家所营造的这种纯粹和微妙的气氛里。其中一位壮年男子，身穿白色衬衫和黄色马甲，头戴灰色礼帽，独自一人静静地坐在轮椅上观赏，久久没有离去。

哈默修伊青年时代就已经成名，作品参展过1889年和1900

年的巴黎世界博览会，以及 1903 年的威尼斯双年展。1905 年，他的个人画展在柏林、科隆、杜塞尔多夫和汉堡巡回展出，反响强烈。

里尔克曾经打算写一篇有关哈默修伊的文章，却迟迟没有动笔，他在写给其艺术赞助人阿尔弗雷德·布拉姆斯的信中解释道："哈默修伊不是一位可以急促草率介绍的艺术家。他的作品往往在某一个时空中转化为冗长而舒缓的步调，并且提供给观赏者谈论艺术里最基本且最重要的元素。"

里尔克的这篇文章最终没有完成。哈默修伊在 1916 年五十二岁时罹患癌症去世，没有留下任何文字供后人追溯，去世前，他亲手销毁了所有的日记和信件，遗留给世人的，除了画作，便是永远的寂静。

随着战后欧洲各种艺术浪潮的风起云涌，哈默修伊因其绘画风格是一种"去情绪化"的单纯画风，调子偏暗偏冷，被视为脱离潮流，渐渐地淡出了公众视野，慢慢地被世人遗忘了。

金子终归要发光，1997-1998 年，法国奥塞美术馆与美国纽约根古海姆美术馆（Guggenheim Museum）举办了哈默修伊大型回顾展，让世人重新发现和认识了这位尘封已久的艺术大家。

施泰德美术馆的这次主题大展《明星遇见明星》，不仅是杰作之间的对话，也是心灵之间的对话，充分彰显了该馆丰富的馆藏，横跨悠悠七百年艺术史，令人回味无穷。

馆外凛凛寒冬；馆内，人们沉浸在艺术的海洋里，如沐春风。

乘着歌声的翅膀

音乐无国界。音乐抚慰心灵，带给人平静、愉悦和启迪。有了音乐，人生不会差到哪里去。

无法想象在日常生活中没有自己喜爱的音乐，那将是多么枯燥，单调，索然寡味。

德国，古典乐迷的天堂，它不仅拥有世界一流的乐团、指挥、歌唱家和合唱团，还拥有数不清的音乐厅、歌剧院、音乐节和各种各样的古典音乐活动。

生活在这座音乐的国度，我心恬静而安然，清逸而富足。

写作，仅仅是为了分享，与远方的亲人朋友，与不相识的同道同好。否则，越读书，越觉自己才疏学浅，根本不敢提笔。智者先贤、文豪大家早已道尽世间百态。唯独自己的生活和感受，可以成为一道美味佳肴的素材，信手拈来，摆上台面，与君一同品尝。

可以毫不夸张地说，德国从北到南，从东至西，每一座城市、每一个几万人口的小镇都有着丰富多彩的音乐活动。比如北部的汉堡、东部的德累斯顿、南部的慕尼黑和拜罗伊特、西部的埃森以及首都柏林，就各有千秋，让乐迷们大饱耳福，应接不暇。

柏林拥有世界最著名十大乐团之一的"柏林爱乐"，他们定期在自己的"老巢"——音响效果世界一流的柏林爱乐音乐厅举行音乐会。世界十大指挥家之一的威廉·富特文格勒（Wilhelm Furtwängler，1886–1954）是生于斯长于斯的柏林人，他在战时指挥的柏林爱乐音乐会，成为饱受战祸之苦的柏林居民的最大慰藉。柏林歌剧院让柏林古典乐迷的音乐生活锦上添花。而一年一度的柏林新年音乐会是能够与维也纳新年音乐会相媲美的新年音乐会。每年夏季，柏林爱乐乐团都会在柏林郊外的森林剧场举行演出季的最后一场音乐会，即享誉世界的"柏林森林音乐会"。在这个夏风习习的音乐之夜，古典音乐界的大腕儿们云集森林剧场，独奏家独唱家们轮番登场献技，你方唱罢我登场。夕阳西沉，夜色一点点暗淡下来，夜空中群星闪烁，台上飘来穿越时空的旋律，空气中充满着音乐的味道。来自世界各地的古典乐迷们，在能够容纳二万二千名观众的露天剧场拾级而坐，与身边的家人朋友一起聆听，一起沉思微笑，一起打拍子和一起歌唱。

　　号称"德国黄金"的德累斯顿国家管弦乐团 Staatskapelle Dresden 不仅是德国，而且是世界上历史最悠久的乐团。它的成立可以有据可查地追溯到 1548 年 9 月 22 日。在 2008 年 9 月 22 日，该乐团举行了四百六十周年大庆的音乐会，成为世界古典乐迷眼中的无冕之王。如此殊荣，谁与争锋？就连乐圣贝多芬也曾在 1823 年赞许道："大体而言，德累斯顿国家管弦乐团是欧洲最好的乐团。"乐圣用词字斟句酌，慎之又慎，莫非那个年代世上还有比它更好的乐团？时至今日，能与之齐肩的乐团，十个指头就数得过来。德国著名作曲家理查德·施特劳斯曾经与之拥有超过一个甲子的紧密合作。他的九部歌剧都在德累斯顿举行世界首演，其中包括闻名遐迩的《莎乐美》和《玫瑰骑士》。他长演不衰的最后一首交响诗《阿尔卑斯交响曲》，更是题献给德累斯顿国家管弦乐团。而德累斯顿的森珀歌剧院，无论建筑风格还是在音乐史上的地位，在世上众多的歌剧院中凤毛麟角，居于翘楚的地位，这里也是瓦格纳歌剧的首演地之一。而今，德累斯顿国家管弦乐团定期在此举行交响乐音乐会，演奏巴赫、海顿、贝多芬、勃拉姆斯、马勒、西贝柳斯等的作品；其闻名世界的一年一度的"德累斯顿国家管弦乐团新年音乐会"和"德累斯顿新年慈善舞会"，德国电视台都会直播，吸引着世界各地古典乐迷的目光，我们在西班牙度假时也能够收看。莫扎特、威尔第与瓦格纳的歌剧，柴可夫斯基的芭蕾舞剧《天鹅湖》和《胡桃夹子》，普罗科菲耶夫的交响童话《彼佳与狼》和舞剧《罗密欧与朱丽叶》，还有诸多世界首屈一指的独奏家们的独奏和室内乐音乐会均在此举行。

历经世纪风雨的乐团和歌剧院，生生不息，薪火相传，这就是德意志的音乐根基和文化实力，不仅给予生活在这一片土地上的人们，也给予所有热爱音乐的人们以滋养和灵感。

在交通便利的21世纪，这些古老而闻名世界的一流名团，不再养在深闺不出门。他们定期举行世界巡演，远赴美国、中国、日本、加拿大、澳大利亚诸国；也到德国别的城市演出，满足散落在地球各地的乐迷们渴望听到现场演出的心愿。前几年，柏林爱乐和维也纳爱乐都曾经到埃森的爱乐音乐厅演出，分别由西蒙·拉特和祖宾·梅塔执棒；而德累斯顿管弦乐团则在克里斯蒂安·提勒曼的率领下莅临科隆爱乐音乐厅。一般来讲，音乐会都有非常优惠的打折的学生票，而这样重量级的演出，因为供不应求，所以在有的音乐厅，则只有全额票和站票。

汉堡，门德尔松和勃拉姆斯的故乡，德国第一座对市民开放的歌剧院于1678年在这座富饶的汉莎同盟港口城市落成开幕。而今全德最炙手可热的芭蕾舞团，就是艺术总监约翰·诺伊梅尔旗帜下的汉堡芭蕾舞团。该团每年到德国其他城市巡演，特别爱去富人云集的巴登巴登，还去过北京的国家大剧院演出。所到之处，一票难求。

有一年，他们来埃森的爱乐音乐厅演出，刚一开票就售罄，让人大跌眼镜。那一个乐季我预订了十二张以上，便可以享受打折30%的套票。别的音乐会都还能够随心所欲地挑座位，独独这场芭蕾舞演出只能排在等候的名单上；后来音信全无，不了了之。其间，我打过一次电话去问询，售票员在电话线那端友好地说："啊，太抱歉了。可是到现在为止，没有退票。而且比较糟糕的是，还有好几位观众也在等退票，并且排在您前面。"观众一般都在开票前的一两个月在音乐厅里拿到节目册，然后慢慢浏览选定，开票日期之后就开始电话或者网上订票。一般来讲，德国人比较讲究计划，三思后才出手购票，很少有退票的，除非生病。德国音乐厅和歌剧院都是提前很长时间就开始安排节目，邀请艺术家，谈合同，决定演出曲目，然后在上一个乐季结束之前一两个月，印制出下一个乐季的具体演出内容，厚厚的一册，图文并茂。光是阅读信息量丰富、斑斓多彩的音乐会册子就是一项极大的享受。沉甸甸的"新书"，捧在手中，有一股纸浆的清香与芬芳。纸上的曲目，勾起你的回忆，那些熟悉的旋律不禁在耳边余音袅袅，让人如沐春风。"书"上的风景、舞台、乐器、乐人群星闪耀，璀璨夺目。独自一人，斜倚在洒满阳光的沙发上，手执一杆铅笔，施施然勾勒心仪的音乐人，挑选神往的音乐盛宴，仿佛订下一场花前月下的约会。

德国乃至整个欧洲的乐季，一般都是从中小学开学之后的九月初到次年暑假之前的最后一周，即六月底七月初的样子，具体时间在德国的每个州和每个音乐厅都大相径庭。之所以有这样的惯例，据说是因为以前没有空调，为了避免乐手们在夏天演出时大汗淋漓而约定俗成。沿袭这样的规定，既满足了职业乐手休假和陪伴家人孩子的需求，也让观众们可以安心外出度假，而不用担心错过自己喜爱的音乐会。唯一的不利是对于那些夏天来欧洲度假的乐迷们，七八月份是在欧洲消夏闲逛的好日子，却是欧洲古典音乐生活的淡季。

德国的音乐生活实在太普遍和太丰富了。居住在这个音乐的国度，只要稍微留意一下，都能够如数家珍地道出家门口的音乐厅、爱乐乐团、音乐节和音乐活动。最近两次去慕尼黑与朋友聚会的时候，我都忙中偷闲去巴伐利亚国家歌剧院看了歌剧，分别是多尼采蒂的《爱之甘醇》与罗西尼的《塞尔维亚的理发师》，给我的慕尼黑之旅锦上添花，留下了美好的回忆。人生，不就是由一个个回忆串起来的吗？音乐，就是闪烁其间的珍珠啊。

瓦格纳音乐节是德国最负盛名的音乐节，每年七八月份开幕时，德国商贾政要艺文名流云集，宝马香车，星光熠熠，德国众多杂志的封面和内容无不被其充满，一时风头无二，年年如此。20世纪90年代，我曾经在去维尔茨堡、班贝格的旅途中，专门驱车去参观了后来在2012年入选《世界遗产名录》的拜罗伊特18世纪的侯爵歌剧院和位于绿色山坡上的节日剧院。后者由瓦格纳生前亲自参与设计，专门上演瓦格纳的歌剧。

偏居一隅的小城拜罗伊特因为瓦格纳的音乐和音乐节而享誉世界，成为德国人宝贵的精神财富，也成为世界古典乐迷朝圣的音乐之都。

这篇短文，挂一漏万，无法道尽德国古典音乐世界在我脑海中烙下的深刻印记。而我自己在日常生活中与音乐有关的故事，更无法包罗在这篇短文中，希望以后有机会与朋友们分享。

音乐，无须语言，无论古典还是通俗，不管怀旧还是现代，只要你的心扉被她轻轻拨动，心灵被她深深打动，她就是属于你的。你想她是什么，她就是什么：一只小鸟，一滴露珠，一朵鲜花，一捧清泉。

表现主义画展

好多年没去波恩了。20世纪90年代去过多次，转来转去不过那几个老地方，波恩大学、波恩老城和莱茵河畔。父母有朋友在波恩大学执教，还有朋友在莱茵河畔开中餐馆。到波恩，不外乎陪父母会会朋友、吃吃中餐、在老城溜达溜达，瞻仰波恩最伟大的儿子贝多芬的塑像，从他故居前漫步走过，不禁回想起少年时代捧读过的罗曼·罗兰的《贝多芬传》和瓦格纳的《朝拜贝多芬》。而今，来到乐圣出生的老屋前，默默敬仰、殷殷致意，一了心中朝圣的夙愿。还有两次去波恩，是直奔当时位于波恩的中国大使馆，一次是自己结婚，一次是为朋友证婚。一眨眼，差不多十年没有再去了。近几年又时常想去波恩，一是想看看那里某条小街上的烂漫樱花；二是想去感受一年一度的"贝多芬音乐节"；三是想去拜访德国表现主义大师奥古斯特·马克（August Macke，1887–1914）故居。但屡屡不能成行，总是俗事缠身，身不由己。而2014年仿佛是波恩之年，短短几个月内，竟然去了三次波恩。

第一回是陪女儿去波恩音乐学校表演钢琴，她弹奏贝多芬第六奏鸣曲的第二和第三乐章。在一幢古色古香的建筑物里，琴童、老师、家长济济一堂。袅袅乐音中，爱乐人聚在一起，度过了一段暖意融融的午后时光。音乐会后，和女儿一起去参观了贝多芬故居。事后，我提出顺道去马克故居瞧瞧，十一岁的女儿平静又不容置疑地说："妈咪，不是谁都像你那么喜欢看画，我更想回家看Papi了，好吗？"好，尊重孩子的心愿，立马打道回府。

第二回我一人专程驱车一百公里去马克故居，既为马克，也为黑塞。以前觉得，马克故居总在那儿，跑不掉的。波恩咫尺之遥，哪天去都行。而急匆匆赶在今年九月的那个周六前去，是因为那里举办的赫尔曼·黑塞（Hermann Hesse, 1877-1962）画展，已经是最后一天了。真想不到，黑塞还会画画，以前只知他是著名的作家，诺贝尔文学奖获得者。20世纪漓江出版社出版的诺贝尔文学奖作家文集中，就收录了父亲翻译的黑塞著于1930年的《纳尔齐斯与歌尔德蒙》，这本曾经伴随我度过重庆炎炎夏日的老书，是我最喜爱的德文书籍之一。我们已经不知不觉到了这个年龄，开始慢慢寻找生活中的脚板印了。马克和黑塞算是同一时代之人，他们都是各自领域的大家，是德国近代文化史上绕不过去的人物。如今，文豪黑塞翩然做客马克家，鲁班门前弄大斧，其画作堂而皇之展览于马克故居檐下，让世人一睹他反串画家的风采，这样的良机，怎容错过。

第三回是要真正好好瞧瞧马克的画作，慢慢观之，细细赏之。还是先去马克故居，那里开始展出以《失落的伊甸园》为主题的小型画展，以兹纪念马克逝世一百周年。马克英年早逝，战死于第一次世界大战的法国战场，年仅二十七岁。他生命中的最后四年，定居在波恩。马克与妻子伊丽莎白和两个幼子在这里度过了温馨浪漫的居家时光，还在这里接待过他的画家朋友们，其中就有同时代的画家弗朗茨·马尔克（Franz Marc，1880-1916）与他的妻子玛丽娜。马克在给马尔克的信中写道："这个波恩真是一座退休者的城市，一切都静悄悄的，严肃认真，不张扬。我们住的地方，有很多吸引人的东西。"两位画家在1910年结识于慕尼黑的马尔克画室，二人一见如故，相见恨晚。两位夫人也结为好友。弗朗茨·马尔克和夫人没有孩子，他们视马克之子如同己出。不幸的是，马尔克在马克阵亡两年后步其后尘，于 1916 年在同一场战役即凡尔登战役中阵亡于法国。但两家人之间的交往持续了近半个世纪，直到马尔克的未亡人玛丽娜于 1955 年离世。她没有后代，一生寡居，直至终老。两位女士尽管由于各自不同的生活经历，在一些问题上抱有不同的看法，思想观念渐行渐远，但她们之间的友谊，仍旧保持到了生命的终结。

这两位画家的重量级联展在波恩美术馆举行，题目就叫作《艺术家之间的友谊》。那天，看过《失落的伊甸园》展之后，我急不可耐地去到了波恩美术馆，在那里徜徉了一个下午。马克与马尔克，是我喜爱的两位德国表现主义大师。马尔克有幅著名的油画，叫作《静卧在雪地里的狗》，藏于法兰克福的施泰德博物馆（Städel Museum），2008 年被观众们评选为该馆最受欢迎的一幅画。画面上皑皑白雪泛着幽幽蓝光，一条淡黄毛色的狗，脖子上套着蓝色的颈圈，闭目静卧在雪地上，给人静谧安详的感觉。画面简洁宁静，予人大气从容之态。这次联展的海报上，是马尔克另外一幅著名的油画《虎》，但见百兽之王回眸凝望，霸气外漏，不怒而威。这两幅画，都深深地烙上了立体主义风格的印记，神秘又魔幻，让人过目难忘。

马尔克喜欢画动物，除了狗、猫、虎、牛之外，他特别钟情于画马，赋予它们想象中的瑰丽色彩和优雅姿态，画面清新斑斓、线条圆润优美、形态活灵活现。尤其是他画的小马驹，充满了童稚之气，其中一幅题为《蓝色的小马》，是他送给马克大儿子瓦尔特的画作，画的右上方题写道"送给亲爱的小瓦尔特·马克"。他爱昵地戏称小瓦尔特为"小小蓝骑士"，因为这个孩子从小就喜欢画画，而马克、马尔克与康定斯基同属于德国表现主义的"蓝骑士"画派，于是他有意无意中把朋友的后代看作他们绘画流派的传人。

马克不同时期的自画像和其夫人的肖像画都给我留下了深刻的印象。生活在一百年前的德国人什么样？有着怎样的穿着打扮？过着怎样的生活？还有他们的喜怒哀乐是怎样的？从两位画家留下的作品中可窥一斑。马克的《在阳台上绣花的妇人》和马尔克的《怀抱猫咪的女孩》都是日常生活中常见的情形。两位不同年龄段的女人，一个在刺绣，一个把猫咪搂在怀里，一样的闲情逸致，不一样的情韵风姿。在马克的《礼帽专卖店》前驻足的蓝衣妇人，一人郁郁行来，被橱窗里五颜六色的礼帽吸引住了目光，不禁停下脚步，驻足欣赏。她在橱窗前看帽子，行人在马路边瞧她。一对情侣在公园里《漫步》，参天绿树下，两人静静伫立、喁喁私语。女子身着蓝衣红裙，撑着白色阳伞；男士西装革履，头戴白色礼帽。这样一个美好祥和、洒满阳光的午后，这样一对素雅端庄的璧人，永远定格在了无声的画框里。这幅作于 1913 年（第一次世界大战爆发前一年）的画作，供一代又一代的后人观望、怀想和怀旧：这样悠闲的漫步、娴静的情思只可能出现在和平时期。和平于人类，就像健康于个人，是一切幸福与浪漫的基础。

也许，每一幅画作的背后都有一个或喜或悲、或长或短的故事。有的小故事让人忍俊不已。马克为庆贺母亲大人的生日，精心绘制了一幅大尺寸的《静物》作品，挂在墙上的画里有逗趣的乐师在演奏欢快的曲子，桌上摆着瓶瓶罐罐、花花草草和几只水果。落笔时他才想起来，母亲大人最不喜欢的就是静物。于是，他灵机一动，在画面的前景添上他家的花猫，懒洋洋地从桌子底下溜出来，舒舒服服地蹭着背，仰着脖子、伸着懒腰。这样的神来之笔，让一幅静物顿时生趣盎然。好令人莞尔的小插曲，知母莫若子，母亲的威严与儿子的天才，相映成趣。当儿子阵亡的消息传来，母亲独自踱步到画前，睹物思人，老泪纵横。这个世上，还有什么比战争更惨烈的人间悲剧，还有什么比痛失爱子更令母亲伤心的厄运。

马克夫人伊丽莎白和儿子瓦尔特常常出现在画家的笔下，端着苹果的伊丽莎白、书桌前的伊丽莎白、戴着帽子的伊丽莎白、给小瓦尔特念书的伊丽莎白、带着小瓦尔特一起在花园里劳作的伊丽莎白。画家日常家居生活的场景，化为一幅幅美丽的图画，仿佛一封封无字的情书，静静地诉说着昔日的爱意与温情。

时隔百年，画依旧在，人已去，情未了。

百年前马克笔下的波恩故居、故居前的庭院和街道，在寻觅旧日踪迹的访客的眼里，依然隐隐可见，没有太多的改观。而这中间，一百年的时光，就这么悄悄地流走了。

勃拉姆斯故居

我时常不由自主地回味每一次或长或短的旅行，玩味其中的惊喜、感慨、痴迷、流连和不舍。

比如 2012 年 2 月的巴登巴登之行，虽然只有短短的两天，却给我留下了异常美好的记忆，尤其是坐落在里希滕塔尔地区（Lichtental，现在是巴登巴登的一个城区）的勃拉姆斯故居，让我觉得不枉此行，还想一去再去。

那一天的经历有趣极了，去巴登巴登之前，孤陋寡闻的我并不知道那里有勃拉姆斯的故居，更没想到克拉拉·舒曼曾经就住在他的附近，尽管我是那么喜欢他俩，喜欢音乐带来的悸动和遐思。

逛完巴登巴登的赌场，信步来到旁边的饮泉厅（Neue Trinkhalle），这座建于 1842 年的古老建筑，宏大精美，长廊里有很多彩色的壁画，绘声绘色地讲述着有关饮水和沐浴的民间故事。该市的旅游中心就设在饮泉厅的正厅里，从那些花花绿绿的旅游册里，我蓦然看到介绍勃拉姆斯故居的册子，上面说勃拉姆斯在 1865 年至 1874 年的夏季，曾经居住在这座房子里的二楼阁楼上，于是，我心知道，就是它了，明天还有一整天的时间，哪儿都别去了，就直奔它吧。

第二天，在公车上，我一边望着窗外宜人的景色，那一幢幢年代久远、洁净雅致的民居，那一棵棵粗壮的树干，想象着它们在夏季绿树如茵的风姿，一边摩挲着介绍册。坐在我身旁的女士友好地问我："您是去勃拉姆斯故居吗？知道在哪一站下车吗？"
我回答说："是啊，知道，刚才问过司机了，谢谢啊。"她冷不
丁地加一句："下车后您就跟着我走好了。"我心想，一定是又
遇到热心的指路人了，于是领情地微笑着，朝她点点头。

　　这位慈眉善目的太太又告诉我，再过几站，我们会经过克拉
拉·舒曼曾经住过的地方，可惜的是老房子已经拆掉重建了，只
在新建的房屋墙面上钉了一块牌子，记录着克拉拉从1863年至
1873年曾在这里居住过。而勃拉姆斯定期从维也纳来这里看望克
拉拉和她的家人，在他还没有租房子的1863年至1865年间，每
次他来里希滕塔尔，就住在附近的一家名叫"熊"的旅店里。我
听了心想，看来这位太太也是勃拉姆斯的乐迷啊，对他的私事儿
如数家珍啊。

　　下车后，我随着这位太太往勃拉姆斯的故居走，边走边聊，
不一会儿就来到了一扇上着锁的小铁门前，这时她才告诉我："您
今天的运气真好啊，平时这个时间，纪念馆是不开门，但是可以
打电话预约，如果没有预约，万一碰巧我人不在家，您就会吃闭
门羹了，如果我恰巧在房间里呢，我会给访客开门的。"啊，我
太粗心大意了，看介绍的时候根本没留意开门时间，异想天开地
以为天天都开门呢。听她这样一讲，不禁觉得自己很幸运，高兴
得笑了起来，原来这位女士是勃拉姆斯故居的管理员啊，并且家
就安在那里。

　　我留意看了一下门口的门牌，她是莱曼女士，有自己的私人
信箱和门铃，与勃拉姆斯协会的信箱和门铃是分开来的。

　　刚走到门口，一只雪白雪白的波斯猫喵喵喵地叫着，优雅地
踱了过来，不紧不慢地凑到莱曼女士跟前，仰起头，一双眼睛扑
闪扑闪，与她喵喵喵地打招呼，女士说："克拉拉，你又来啦？

这两天你疯到哪儿去了？"

莱曼女士诙谐地跟我解释说："这只猫老跑到我这儿来，并且一待就是好久，不愿意离开，我干脆给它取了个名字，叫它克拉拉，这里原本就该是克拉拉的家嘛，您说呢？"

她这番话，勃拉姆斯的乐迷们一定爱听。

那天原本不开门，所以就我一个访客，莱曼女士对我优待有加，特许我在勃拉姆斯的起居室和卧室里拍照，还主动帮我在他那间著名的"蓝屋"里留影，尽管门口挂有"不许拍照"的牌子。

她指给我看橱窗里摆设的纪念品，有勃拉姆斯的面模和克拉拉的手模，还有戒指、半身塑像和纪念币等等，她说："这只克拉拉的戒指您一定要拍下来，这可不是一枚普通的戒指，里面装的是门德尔松的头发，是他送给少女时代的克拉拉的，可珍贵了。摆放这些纪念品的地方是以前厨房的位置，"莱曼女士刻意停顿了一下，挥一挥手，说，"啊哈，这个厨房根本就是个摆设，您明白的，勃拉姆斯不用自己做饭的，他走几步就可以去克拉拉那里打秋风了，多方便啊，是不是？"我们两个会心地大笑起来，琢磨着他俩一个来自汉堡，一个来自莱比锡，如果一起进餐的话，应该吃什么样的菜，喝什么样的酒，喜欢什么风格的餐具。

莱曼女士知道我来自中国后，兴冲冲地告诉我，勃拉姆斯协会曾经资助过两个中国人，一位是作曲家，一位是学音乐的学生，他们都曾经在这里住过，她还专门去楼下房间里拿来相册给我看，好奇地问我认不认识这两位音乐家。我说我都不认识，但看了他们的照片和留言，觉得很亲切，心里不禁生出一股暖意，音乐是没有国界的，德国人对音乐家的尊重和爱护也是没有国界的。

我们就这样天南海北地聊起来，都是与音乐、音乐家、音乐会和音乐节有关的话题。德国是古典音乐的大本营，和德国人聊古典，有一种他乡遇故知的亲近感，我尤其喜欢和普通乐迷聊天，交流对音乐最简单和质朴的感受和体会。我向莱曼女士描述对勃拉姆斯的第一印象，他身穿蓝衣，手托着腮，手臂撑在钢琴边上，身体靠在椅背上，头发中分，面目严峻，目光深邃，那是在 20 世纪的 80 年代，我在父母从德国带回来的纪念邮票上瞧见的，但听他的音乐，则是很久以后的事了。

莱曼女士看见我那么钟情于勃拉姆斯，就跟我讲了一段故事，这座故居是德国唯一的一座勃拉姆斯的纪念馆，保存下来非常不容易，在 20 世纪的 60 年代差一点儿被当时的房主拆除重建，幸亏几位热爱勃拉姆斯的有识之士心如明镜，深深明白这样一座建筑物的历史价值，便凑钱把整幢楼买了下来，后来作为纪念馆对外开放，同时在此成立了勃拉姆斯协会，每两年的五月，在巴登巴登举行为期两天的勃拉姆斯音乐节，所得收入用来维护故居。不仅如此，还力所能及地资助来自世界各国的作曲家、演奏家、音乐学者和学生。

勃拉姆斯和巴赫、贝多芬一道，号称德国三 B，因为他们姓名的第一个字母都是以 B 开头，在古典音乐史的地位举足轻重，热爱其音乐的古典乐迷们遍布世界的每一个角落。

与勃拉姆斯不同的是，巴赫和贝多芬在他们的出生地都有纪念馆和以他们的名字命名的音乐节。巴赫出生在图林根州的艾森纳赫，贝多芬出生在波恩，他们降生时的房屋都完好地保留了下来。而比他们年轻很多的勃拉姆斯，在他的出生地汉堡，几乎无迹可寻，除了一座他的现代雕塑。故而巴登巴登的勃拉姆斯故居意义重大，弥足珍贵。

勃拉姆斯与克拉拉在巴登巴登一别之后，天各一方，再也没有见过面，仅靠鸿雁传书，维系着伴随他们一生的深厚情谊。克拉拉先是去了柏林，后来又移居到美茵河畔的法兰克福。而勃拉姆斯则一直留在了维也纳，晚年的他沉默寡言，离群索居。

在勃拉姆斯的蓝屋看够聊够感叹够之后，我满怀兴奋，又有些不舍地与莱曼女士告别了。我不知道该怎样用言语来表达，有幸瞻仰了这位杰出音乐家故居的欣喜之情，对那几位慷慨解囊，保留下这座宝屋的有识之士的崇敬之心，对资助了我们同胞和各国音乐家的勃拉姆斯协会的敬佩之意，还有对这位热情接待我的莱曼女士的拳拳谢意。于是，我唯一能做的和想做的就是，把他们所能提供的纪念品通通买了个遍，他们的纪念品种类很少，比不了那些游人众多的旅游景点和美术馆所提供的应有尽有的纪念品、画册、物件等等，由此看来平时访客不多，这从开门时间也可见一斑。我就只好同样的买了多份，痛快地血拼了一把，心里觉得很值和畅快。

结果是，莱曼女士又动情了，拿出了已经不再出售的纪念品送给我女儿（我们聊天的时候，谈到我女儿在学钢琴，正弹奏门德尔松的《无言歌》），那就是勃拉姆斯著名的《摇篮曲》歌本，里面配有乐谱、歌词和可爱的插画。我满载而归，正准备跨出门，莱曼女士又叫道："等等，等等，您忘了在来宾簿上签名了。"我信手写下了正合我意的那句话：die Musik ist Balsam für die Seele，意译为：音乐是灵魂的按摩师。

回程的路上，我很想沿着勃拉姆斯的足迹，溜溜达达地散步到克拉拉的住处，一方面是天气太冷了，呼呼的寒风刮在脸上，哪怕心里热乎乎的，来自南方的我还是觉得刺骨的寒冷；二是我怕自己东溜达西溜达，一兴奋一激动一拖拉一延误，错过了回家的火车，于是放弃了步行的念头，因为心里有谱，我还会来的，在春暖花开的时节，在阳光明媚的午后。

在站台上候车的时候，眼前不禁浮现出勃拉姆斯白发苍苍的悲戚模样，他接到了克拉拉病逝的噩耗，眼眶深陷，眼神涣散，一脸花白胡子冷若冰霜，紧赶慢赶地想去法兰克福参加她的葬礼，他蹒跚着来到维也纳火车总站，跌跌撞撞地跑上站台，在悲痛与仓皇中，上错了站台，踏上了完全反方向的列车，永远地错过了与克拉拉的最后一面。

不足一年，比克拉拉年轻十四岁的他魂归天国。

回程的车进站了，我步进车厢，静坐在窗边，看着冰冷的雨水敲打在车窗上，耳畔隐隐传来勃拉姆斯的《小提琴奏鸣曲第一号》，又俗称《雨之歌》，这是勃拉姆斯四十六岁时的作品，因为末乐章的主题引用的是克拉拉特别喜爱的歌曲《雨之歌》，所以有此别称，歌词大意是：淅淅的雨声，忆起往日的歌曲，每当窗外细雨，我们在檐下同唱此曲。能否再听到这歌声，伴随着一样的雨声。

陨落在一战中的德国
艺术大师马克与马尔克

    2018 年是第一次世界大战（1914–1918）结束一百周年。当年交战双方多少将士没能熬到战事结束，便永远长眠在异国他乡，给亲人留下无尽伤痛，给后人带来无限怀想。一千一百万阵亡者中包括两位德国年轻画家，他们就是 20 世纪初德国表现主义画派的先驱奥古斯特·马克（August Macke，1887–1914）与弗朗茨·马尔克（Franz Marc，1880–1916）。

    1914 年 7 月 28 日一战爆发，马克与马尔克相继应征入伍。两个月后的 9 月 26 日，马克战死在法国香槟前线；时隔一年半的 1916 年 3 月 4 日，马尔克在被称为"凡尔登绞肉机"的凡尔登战役中阵亡。转瞬间，两条鲜活的生命被无情的炮火吞噬，德国画坛顿失两位大师级人物，两个家庭痛失亲人，战争的残酷与血腥让人扼腕。

    弗朗茨·马尔克与瓦西里·康定斯基（Wassily Kandinsky）一同创办了德国著名的"蓝骑士"（Der Blaue Reiter）艺术团体，奥古斯特·马克是其中重量级代表人物之一。马克与马尔克的作品带有鲜明的个人和时代特征，辨识度高，给予观者独特而深刻的印象。马克的画作清新抒情，富有法国印象派的格调与风情，明亮的色彩，浪漫的氛围，与他本身的诗人气质和敦厚性情相吻合。站在马克的画前，心不由自主地宁静下来，感受到如他所形容的："世界犹如图画写成的诗。"

马尔克喜欢描绘动物，在他眼里"唯动物能使世界变得融洽，并把绘画引向对世界更为客观的理解"。马尔克的《静卧在雪地里的狗》（*Liegender Hund im Schnee*，1911）曾被德国观众评选为法兰克福施泰德美术馆"最受欢迎的画"。他笔下的《老虎》（*Der Tiger*，1912），带有明显的立体主义风格，线条粗犷，色彩斑斓；百兽之王静卧山林，回眸一望，不怒自威。他尤其擅长画马，被我戏称为"德国的徐悲鸿"。藏于埃森福克旺美术馆的《风景中的马》（*Pferd in Landschaft*，1911），背朝观众，昂首远眺，一副我自逍遥的旷然姿态，呈现出独立不羁的精神气韵。而《蓝马》（*Blaues Pferd*，1911）脚踩坚实的大地，低眉垂眸，如如不动。

奥古斯特·马克1887年出生于德国北威州梅舍德（Meschede），是这座小城历史上最著名的人物。马克出生后不久，父母带着他和两个姐姐举家搬到科隆。马克十岁时入读科隆的高级文理中学，1900年又随父母迁往波恩，从此与这座城市结下不解之缘。在这里，马克入读当地的文理实科中学（Realgymnasium），表现出对艺术浓厚的兴趣和超人的绘画天赋。上学路上，马克结识了他生命中最重要的女人伊丽莎白·格哈特（Elisabeth Gehardt，1888-1978），那时他年方十六，她豆蔻十五，两人一见倾心，情投意合。打着替伊丽莎白哥哥描绘肖像的幌子，马克正大光明地频繁出入伊丽莎白之家。1909年两人结为夫妇，育有两个儿子。马克一生中以伊丽莎白为模特，创作了两百多幅作品。

依靠伊丽莎白从父亲那里继承的遗产，马克一家人衣食无忧，岁月静好。他笔下的居家生活简单纯净，温情脉脉。这些画作中，伊丽莎白或颔首读书，或俯身写字，优雅知性；或埋头刺绣，或手托果盘，宁静专注；又或拾掇园子，怀抱爱子念书，恬淡安乐。一张1908年的黑白照片上，马克口叼烟斗，抄着双手，面向书本，嘴角含笑；伊丽莎白侧坐一旁，凝望着他，"有君万事足"的模样；两个二十出头的年轻人风华正茂，沐浴在甜蜜的爱情与美好的生活之中，散发着淡定从容的气息。谁曾料到，仅八年后便天人永隔，覆水难收。

弗朗茨·马尔克1880年出生于慕尼黑，父亲是一位风景画家，母亲是法国人，马尔克与哥哥从小在双语环境里长大。1884年夏，四岁的马尔克第一次随家人来到慕尼黑附近的"湖畔科歇尔"（Kochel am See）度假，此后他们一家人时常在此消夏。如今这里建有弗朗茨·马尔克博物馆（Franz Marc Museum）。马尔克曾就读于慕尼黑Luitpold-Gymnasium高级文理中学，爱因斯坦（1879–1955）也是该校的学生。二十岁时马尔克进入慕尼黑美术学院（Münchner Kunstakademie）深造，二十三岁游历法国，受到后印象派画家凡·高与高更的影响。在法国，马尔克遍访博物馆和名胜古迹，在卢浮宫临摹，在巴黎街头写生，购买日本木刻，为巴黎圣母院的彩色玻璃画而倾倒，写下满满一本法文日记。

马克与马尔克相差七岁，两人于1910年初相识于慕尼黑，是志趣相投的同行，亦是惺惺相惜的朋友，留下了许多探讨艺术与人生的书信往来，双方的妻子夫唱妇随，也相互通信、启迪、鼓励和安慰，在德国画坛留下一段佳话。

伊丽莎白·马克出身于波恩富庶家庭，从小受到良好教育，弹得一手好钢琴。她的叔叔是柏林富商，热衷艺术收藏，是马克与马尔克共同的艺术赞助商。马克生前唯一的工作室，是伊丽莎白娘家在波恩购置的房产，在这里，马克度过了生命中的最后四年，创作了三百多幅作品，两个儿子也在此出生，这幢小楼成为马克一家人安居乐业的世外桃源，如今修葺一新，被命名为"奥古斯特·马克故居"。屋外的庭院和街景，与一百年前马克油画上描绘的场景相比，似乎没有太大的改变。而星移斗转，物是人非，曾经的爱恋与温情都湮没在了岁月的滚滚红尘里。

玛丽亚·马尔克（Maria Marc，1876–1955）在爱情上便没有伊丽莎白·马克的幸运了。二十九岁的玛丽亚与二十五岁的马尔克在一次化装舞会上相识，从此开始了一波三折的爱情故事。玛丽亚本身也是画家，她与另一位女画家玛丽·施尼尔（Marie Schnür）一同追随马尔克来到"湖畔科歇尔"。三角恋让玛丽亚苦恼不已，更让她纠结的是，马尔克的感情天平逐渐偏向了比他年长十一岁、有一个私生儿子的玛丽·施尼尔，并与她缔结了第一段婚姻。这段婚姻只维持了一年多。根据那时的法律，马尔克因为与玛丽亚的婚外恋而破坏了婚约的承诺，故无法马上再缔结第二次婚姻。未婚同居的生活让玛丽亚备受外界质疑和精神折磨，就连她自己的父母都要求她不要再回到马尔克身边去"丢人现眼"了，那个时代，离婚、婚外恋、私生子、未婚同居统统都是大逆不道的事情。

当年这两个女人同在"湖畔科歇尔"的场景被马尔克"诗情画意"地固定在画作里，起名叫作"山上的两个女人"（*Zwei Frauen am Berg*，1906），不知内情的人看见，还以为画中的两个女子是好朋友呢。画中两人斜倚在草地上，玛丽衣着时髦，体态婀娜；玛丽亚用左手遮挡住面部，一副无可奈何的况味。远山巍巍，绿草茵茵，人已逝，情未了。

2014 年，马克离世一百周年之际，波恩艺术博物馆（Kunstmuseum Bonn）与慕尼黑 "伦巴赫之家" 市立美术画廊（Städtische Galerie im Lenbachhaus，München）共同举办主题展，题为"艺术家的友谊——奥古斯特·马克与弗朗茨·马尔克"来纪念这两位德国表现画派的领军人物。除了他们各自的代表作品，还有他们互为对方及家人创造的肖像画和作品。马尔克夫妇没有子嗣，将马克的大儿子瓦尔特视如己出，马尔克特意为小瓦尔特创作了《小蓝马·儿童画》（1912），拙朴可爱。而马克把 1912年马尔克夫妇来访波恩的场景留在了画布上，身穿白色大褂的马尔克站在阁楼的画架前专心作画，玛丽亚斜躺在旁边的沙发上看书，怡然自得。那时的他们尚不谙战争的阴霾正一步步朝他们逼近，终将自己或爱人的生命裹挟而去。

展品中还有伊丽莎白和玛丽亚的绣制品，以她们各自丈夫的绘画作为蓝本，一针一线刺绣出来的坐垫与壁挂。最能体现马克与马尔克在艺术上切磋与交流的是一幅壁画，就在那次马尔克夫妇来访波恩时，在马克阁楼画室的墙壁上合作完成，题名为《伊甸园》。真是讽刺，人间何来伊甸园，马克阵亡一个月后，家人才收到通知。两年后，伊丽莎白带着两个年幼的孩子，改嫁给马克的同学，迁居柏林，与后夫又生养了三个孩子。1927 年，曾被马尔克昵称为"小小蓝骑士"的瓦尔特死于猩红热，年仅十七岁。十二年后的 1939 年，伊丽莎白的后夫被逮捕，惨死于纳粹集中营。一个女人，一生要经历多少苦难，才能守得云开见日出，才能心如止水，澄清无波。

1914 年马克阵亡后葬于法国士兵公墓，墓碑上镌刻着他的德语名字。而马尔克的遗骨在玛丽亚的安排下，于 1917 年重返故里，安葬在他童年时的度假胜地"湖畔科歇尔"。

伊丽莎白与玛丽亚在丈夫阵亡后就开始有意识地保护和收藏他们的作品，如今波恩与慕尼黑是马克与马尔克作品的两大收藏重镇。玛丽亚享年七十九岁，死后与马尔克合葬在科歇尔，此后不再分离。伊丽莎白 1948 年重返波恩，居住在马克故居里，直至1975 年。她用文字追忆过去的鎏金岁月，热心参与波恩市的文化活动。在生命的最后两年，她去往柏林与后夫所生的孩子们居住在一起。1978 年，伊丽莎白在柏林寿终正寝，历经沧桑的九十年生命画上了圆满的句号。

　　马克与马尔克匆匆而逝的生命，如流星划过夜空，短暂而耀眼。人们为了纪念伊丽莎白与奥古斯特·马克短暂而美好的爱情，为他俩在波恩著名的老墓地（Alter Friedhof Bonn）竖立了一块纪念碑，希望把波恩女儿与女婿的故事永远留在这片土地上，留在后来人的记忆中。

鲁尔钢琴节

2018年，世界古典乐坛纷纷举办专题音乐会，以兹纪念美国作曲家、指挥家、钢琴家伯恩斯坦（Leonard Bernstein）诞辰一百周年。而在德国，鲁尔钢琴节（Klavier-Festival Ruhr）则迎来了"三十而立"。

鲁尔钢琴节创办于1988年，是当今世界上规模最宏大最重要的钢琴节，历时两个半月，从每年的四月至七月中下旬。今年的钢琴节将在北威州二十座城市的三十二处场馆举办，从杜塞尔多夫艺术宫博物馆（Museum Kunstpalast Düsseldorf）到波鸿世纪礼堂（Jahrhunderthalle Bochum），从埃森爱乐音乐厅（Essen Philharmonie）到杜伊斯堡北部景观公园（Landschaftspark Nord Duisburg），从多特蒙德威斯特伐利亚工业博物馆（LWL-Industriemuseum Dortmund）到伍珀塔尔雕塑公园（Skulpturenpark Wuppertal），如此种种，不胜枚举。

其中包括我所在小城音乐学校所属的室内音乐厅（Kammermusiksaal）。可别小觑诸如此类在小城市小场馆举办的钢琴节演出，这样的室内音乐厅音效甚佳，票价相对低廉，座位有限，观众趋之若鹜，常常一票难求，演出氛围也异常热烈。观众多是资深古典乐迷，因为这既非亲情演出（比如学校的圣诞音乐会等），也不为瞧明星大腕，均是冲着节目单和钢琴节的良好口碑而来。

这类室内音乐厅仅一百多座位，从经济角度出发和为满足更多观众的愿望，组委会不会安排世界级钢琴家到小场馆演奏。但对于初出茅庐的年轻钢琴家们，尤其是那些新鲜出炉的国际钢琴比赛首奖的得主们，能够收到鲁尔钢琴节的邀请，对其职业生涯至关重要。在这里，他们奉献出令人瞩目的"鲁尔钢琴节"处子秀，演出专注投入，返场一丝不苟。谁能说，今天的他们不会就是日后钢琴界的天王巨星呢？支持名不见经传的年轻音乐人与追捧早已名就功成的钢琴大师，各有趣味和意义。

台下充满好奇与友善的目光注视着台上的钢琴家，他们来自世界各地，肤色不同，却诉说着同一种语言，那就是钢琴的语言，音乐的语言，世界的语言。肃然静谧的屏息聆听，一丝不动的专注背影，拍得啪啪响的巴掌，还有返场之后的依依不舍，便是钢琴节年复一年成功举办的群众基础与票房保障。

鲁尔钢琴节之所以被德国最具权威的音评杂志 *Fono Forum* 誉为最有影响力的国际钢琴盛会，不仅在于演出场馆的格调与音效，观众的音乐素养和与音乐人的默契互动，最重要的因素在于钢琴家的丰富层次与精彩曲目。但凡能够说出尊姓大名的钢琴家，从德高望重、首屈一指的钢琴前辈布伦德尔、阿格里奇、波利尼、巴伦博伊姆，到举世瞩目、如日中天的钢琴大师席夫、齐默尔曼、基辛、郎朗，和冉冉上升的钢琴新秀们，在这三十年间，无不献艺于鲁尔钢琴节。但凡你有闲情逸致，就没有欣赏不到的钢琴名曲，没有遇不着的钢琴翘楚。

现年八十七岁的布伦德尔被公认为 20 世纪最伟大的德奥古典钢琴家之一。十年前，他在维也纳金色大厅举办了告别音乐会，从此把"弹钢琴"升华为"谈钢琴"。他几乎年年都来鲁尔钢琴节"谈钢琴"，乐此不疲，成为音乐节一道独特的风景。2014 年他在埃森福克旺美术馆（Folkwang Museum）"谈贝多芬"，台下迷妹中有位满头银丝、衣着考究、妆容淡雅的老太太。老头子在台上天南海北、引经据典，她在台下颔首击节，抚手轻叹；老头子刚出口一段或歌德或海涅或舒曼的乐评歌赋，她便翕动薄唇、不紧不慢地低咏，怡然而自得。古典音乐就是他们的高山流水、唐诗宋词。今年布伦德尔又将在福克旺美术馆朗读"多出来的一根指头"（*Ein Finger zuvel*），配有钢琴伴奏。如果把参观美术馆与聆听音乐讲座结合起来，中间小憩，品香茗，啖糕点，不亦乐乎。

如候鸟飞来，新年伊始便收到厚厚一本簇新的钢琴节目录。除了每场演出的翔实介绍，还包含了与钢琴节有关的其他信息。今年的主赞助商（Hauptsponsor）是德国铁路，其余七十多位赞助商中包括德国邮政、德国银行、蒂森克虏伯、西门子、斯坦威钢琴等行业标杆。精神的富足离不开音乐的食粮，文化的繁荣离不开社会的支持。除上述企业外，钢琴节的幕后英雄还有五家德国基金会和八位私人捐赠者。让人忍不住感喟：鲁尔钢琴节凝聚了多少人的心血！难怪演出阵容如此强大，节目如此多彩多姿。文化的传承与传播依靠的是高瞻远瞩与群策群力。

2018年钢琴节的主题为"法国"，意为纪念第一次世界大战结束一百周年。血雨腥风的战争让多少平民百姓家破人亡，德法两国的世代友好是欧洲和平的基石，故德国文化界将举办一系列的纪念活动。以"法国"为主旋律，还为致敬著名法国作曲家、钢琴家德彪西（1862–1918），今年是他离世一百周年纪念。斯人已去，音乐长存。届时，听众将聆听到圣桑、比才、德彪西、拉威尔等十九位法国著名作曲家的钢琴作品，还将欣赏到近十位法国钢琴家的倾情演绎。钢琴节曲目不仅包含与法国相关的内容，而且包罗万象；除了钢琴独奏，还有钢琴协奏曲、室内乐、爵士乐、歌唱晚会和钢琴大师课等等。音乐家来自五湖四海，包括声乐和器乐各个领域的顶尖人才，济济一堂，德国小提琴女神安妮－索菲·穆特也是鲁尔钢琴节的老熟人了。

钢琴节于阳春四月在杜伊斯堡墨卡托音乐厅（Mercatorhalle Duisburg）隆重揭幕。该音乐厅落成于 2016 年 9 月 1 日，是年金秋十月，首场鲁尔钢琴节特别音乐会在此举办，担当独奏嘉宾的便是古典乐坛天之骄子，鲁尔钢琴节的宠儿郎朗。他演奏的是莫扎特《第二十四钢琴协奏曲》，C 小调，K491。这是郎朗第十四次参加鲁尔钢琴节，第一次是在 2003 年。在迄今为止我所经历的无数场郎朗音乐会中，尤其是独奏音乐会，他的演奏无不直击心灵，让人心醉神迷，现场所有观众，无论红颜白发，无不为之倾倒，掌声、口哨声、跺脚声，"bravo"，此起彼伏，直至最后全体起立，疯狂鼓掌。乐迷们那份"我为卿狂"的痴迷与沉醉，既为激动人心的乐音，也为丝丝入扣的演绎，更为那双百炼成精、出神入化的钢琴之手，应了那句歌词："春风再美也比不上你的笑，没见过你的人不会明了。"

闭幕音乐会在阳光灿烂的 7 月 13 日落下帷幕，压轴大戏是一场爵士乐的盛宴。钢琴节正式开票时间是 1 月 19 日，除了电话和网上订票，全德共有两千五百处预售点可以购票。从"有余力"始，我便追逐着鲁尔钢琴节，在这青青翠竹、郁郁黄花的春夏之际，驰骋在高速路上，从南到北，不问西东，只为与那些穿越时空的乐音来一场不见不散的约会。

今年钢琴节大奖得主是女钢琴家艾琳娜·巴什基洛娃（Elena Bashkirova），巴伦博伊姆的第二任妻子。他们一家子今年齐聚钢琴节，巴什基洛娃将在一座古老的水堡弹奏德沃夏克、舒曼和柴可夫斯基，巴伦博伊姆将与小儿子——小提琴手迈克尔同台献艺，联袂奏响贝多芬的钢琴、小提琴、大提琴三重奏。音乐之家名不虚传。

2017年，鲁尔钢琴节共举办六十九场音乐会，其中三十三场门票售罄。今年出现在钢琴节的亚洲面孔有来自日本、定居英国的内田光子（Dame Mitsuko Uchida），前日本驻德大使的女儿，曾经留学维也纳，德语说得一极棒，是举世公认的"莫扎特专家"，2009年被英国伊丽莎白女王授予"大英帝国爵级司令勋章（DBE）"，成为"女爵士"。中国面孔中除了乐迷们耳熟能详的小提琴家宁峰、钢琴家王羽佳之外，还有90后华裔钢琴后起之秀梁汉妮（Hanni Liang），她在德国出生、成长，八岁开始学习钢琴，十二岁便成为杜塞尔多夫罗伯特-舒曼音乐学院的少年大学生，是同龄人中的佼佼者。今年是她第五次受邀参加鲁尔钢琴节，将演奏德彪西、拉威尔、肖邦和李斯特的钢琴独奏曲目。

翻看这本制作精良、赏心悦目的节目册，感觉如沐春风。昔日的鲁尔重工业区，燃烧着煤炭与钢花；经过改造与重建，脱胎换骨成为艺术的殿堂，文化的绿洲，历史与人文焕发荣光，音乐与艺术交相辉映。

没有什么是时间不可转化与改变的，没有什么是教育和文化不可提升与丰盛的。如今，鲁尔钢琴节赋予这个地区更多的文化符号与精神内涵，如果用一句话来形容它，那它给自己的定义应该是恰如其分的。钢琴节目录封面上自信而笃定地书写着：

"鲁尔钢琴节——来自世界各地的钢琴家给欧洲的新中心插上了音乐的翅膀（Die Pianisten der Welt beflügeln Europas neue Metropole）"

梅兰希通与马丁·路德

2017 年是德国的文化年，文化活动名目繁多，异彩纷呈，其中五年一次的卡塞尔文献展（Kassel Dokumenta）和十年一次的明斯特雕塑展（Skulptur Projekte Münster）更是内容丰富、精彩，让人目不暇接；不过重中之重仍推马丁·路德（Martin Luther, 1483-1546）引领的宗教改革五百周年纪念。为此，被尊为"宗教改革之乡"的德国在 10 月 31 日全国放假一天，以示庆祝。

继德国《华商报》八月认真组织"卡塞尔文献展一日游"后，时隔两月，从事欧洲宗教史研究近四十年的该报总编修海涛先生再次率队出发，兴致盎然地展开了为时三天的"路德之旅"，行程包括路德之城维滕贝格（Lutherstadt Wittenberg）、路德之城艾斯莱本（Lutherstadt Eisleben）、埃尔福特（Erfurt）、埃森纳赫（Eisenach）和瓦特堡（Wartburg）。

我们到访的第一站维滕贝格（亦译维滕堡）位于萨克森－安哈特州（Sachsen-Anhalt），是席卷全欧、影响至今的路德宗教改革的发源地。16 世纪，维滕贝格是德国重要的政治、宗教、文化和艺术中心，在历史上具有举足轻重的地位。

在坐落于市集广场的老市政厅，维滕贝格市长热情地接待了我们。修总编的老朋友、德国牧师与汉学家克吕格尔女士（Eva Ursula Krüger）不辞辛劳，从六百多公里外的博登湖畔赶来参加聚会。她与市长因马丁·路德结缘，热心地牵针引线，促成了这次会面，还赠予我们每人一把印有"路德玫瑰"的团扇作为纪念。

绵绵五百年间，马丁·路德仿佛一盏明灯，一块磁铁，吸引着来自世界各地的朝圣者。在这座充满了光荣与梦想，改变了德国乃至欧洲宗教和历史进程的古城，无数的帝王将相、宗教改革家和思想文化巨擘曾留下自己的足迹。第二天，在克吕格尔女士与当地导游的陪同下，我们信步走在老城的石头路上，途经一幢幢修缮完好的房屋，但见外墙的铭牌上镌刻着一个个闪闪发光的名字，从哈姆雷特王子到彼得大帝，从莱辛、歌德到席勒、海涅，从丢勒、布鲁诺到韦伯（Wilhelm Eduard Weber）、西门子，不禁肃然起敬，发出由衷的赞叹。相传歌德不朽诗剧《浮士德》的主人翁，炼金术士浮士德曾于1525年至1532年在维滕贝格居住，在修总编的带动下，我们特意去寻访了一番，留下一路的说笑声。

1996年，两座"路德之城"联袂被评为"世界文化遗产"。仅仅维滕贝格老城中就有四处世界级文化胜迹：一是路德1517年10月31日张贴《95条论纲》（95 Thesen）的宫廷教堂（Schlosskirche"Allerheiligen"），他曾在这里被授予神学博士学位，也长眠在这里；二是路德作为"灵魂的牧者"，曾经布道两千多次的城市教堂（Stadtkirche St. Marien），这里也是他与妻子卡塔琳娜·冯·博拉（Katharina von Bora）于1525年举行婚礼的地方；三是曾经的"路德之家（Lutherhaus）"，当今全世界最大的宗教改革纪念馆，也是路德派新教徒的朝圣之地。

除去这三处与路德密切相关的建筑，另一幢获得殊荣的房屋是德国著名人文主义者、宗教改革的第二号人物、马丁·路德的"笔杆子"菲利普·梅兰希通（Philipp Melanchthon）的故居。

梅兰希通（亦译梅兰希顿、墨兰顿）是德国历史上一位百科全书式的人物，1497 年出生在德国巴登 – 符腾堡州（Baden-Württemberg）的布莱滕（Bretten）。他可谓名门之后，舅公罗伊希林（Johannes Reuchlin，1455–1522）是德国著名的人文学者。依照当时的风尚，这位舅公把他意为黑土（Schwarze Erde）的原名 Schwartzerdt，改为同义的希腊文 Melanchthon。

在舅公的熏陶下，梅兰希通酷爱古典文学，精通拉丁文、希腊文和希伯来文，十二岁入读海德堡大学，十七岁获得硕士学位（M.A.），不到二十岁就完成了六本著作，是一位名副其实的"神童"。1518 年，经舅公举荐年仅二十一岁的梅兰希通便被萨克森选帝侯智者腓特烈三世（Friedrich III. der Weise，1463–1525）任命为维滕贝格大学（创办于 1502 年）的希腊文教授。与此同时，他还师从神学教授马丁·路德学习神学，由此开始了两人长达二十八年的友谊，成为彼此最亲密的朋友，直至路德离世。

路德比梅兰希通年长十四岁，在这位腼腆内向的年轻人身上，路德慧眼识珠，看到了超群的才智与坚毅的品格。在路德强有力的感召和影响下，梅兰希通成为宗教改革最坚定的支持者和最得力的执行者。他与路德志同道合，反对"变体论"，反对教皇的绝对权威，主张维护《圣经》的神圣地位，将"因信称义"作为新教的神学基石，并改革教士独身制度，把弥撒改为圣餐。

1522 年，路德开始翻译《圣经》，身为希腊文教授的梅兰希通对路德理解《圣经》的希腊文本帮了大忙。他不仅是路德的同路人，也是路德的继承者。路德去世后，梅兰希通成为基督教新教路德宗的领导人，全力维护路德的主张；他整合了路德教教义，构建了基督教新教体系，使路德的宗教思想更加系统化和理性化。

值得一提的是，他俩的性格迥然不同，路德激烈锋利，梅兰希通宁静安详。路德曾这样评价自己与战友的差异："我生下来就是为了争战，与党派和魔鬼争战。因此我的书充满了争战的味道。我必须挪开残枝朽木，披荆斩棘，像个粗野的山林工人，开辟道路，预备一切。而梅兰希通安静地走着，愉快地耕种、栽植、播种、浇灌，都照着上帝给他的吩咐。"

梅兰希通反对暴力，以"安静的宗教改革家"留名青史。他说："我们要以仁慈来帮助每一个人，因为我们生活在一个共同的社会里。"这句箴言放在今天，依然充满了亲和力。

在马丁·路德指导下，梅兰希通 1530 年起草发表了著名的《奥格斯堡信纲》（ *Augsburger Glaubensbekenntnis* ），详细阐述了对新教徒的要求，让包括二十一条赞同和七条反对的戒条成为路德宗的信仰基础和要义。1830 年，为纪念《奥格斯堡信纲》发表三百周年，德国作曲家门德尔松谱写了他的第二首交响曲，名字就叫作《宗教改革交响曲》。

导游指着宫廷教堂的"论纲之门"（Thesenportal）告诉我们，这扇厚重的铜铸大门重铸于 1858 年，门楣顶部的弧形壁画背景是中世纪晚期的维滕贝格城市剪影，虔诚地跪立在受难基督两侧的不再是圣母玛利亚和别的圣徒，而变成了手捧德文圣经、抬头凝望着他的马丁·路德，与手持《奥格斯堡信纲》、低眉颔首的梅兰希通。这象征着在新教徒眼里，宗教改革的先驱马丁·路德和他的同行者与后继人梅兰希通，才是耶稣真正忠实的门徒和有力的传道者，维滕贝格俨然已成为"新教的罗马"。

梅兰希通不仅是德高望重的宗教改革家，还是博古通今的德国语言学家、哲学家、神学家和人类学家。他亲自编写教材，对萨克森选帝侯辖区的学校和大学进行了一系列的改革，引来德国其他邦国竞相效仿。因其渊博的知识和对德国教育事业的卓著贡献，他生前就被尊为"德意志的师表"（Lehrer Deutschlands）。时至今日，以他名字命名的文教机构比比皆是。

我们顺道参观了位于席勒街 22 号（Schillerstraße 22）的百水学校（Hundertwasserschule）。这所学校由奥地利著名艺术家和建筑师弗里登斯莱西·百水先生（Friedensreich Hundertwasser）设计改建而成，全称为：维滕贝格路德－梅兰希通－百水高级文理中学（Luther-Melanchthon-Hundertwasser Gymnasium Wittenberg）。还有什么比马丁·路德和梅兰希通更能够代表维滕贝格呢？

谈到与马丁·路德的深情厚谊，梅兰希通动情地说过："Ich würde lieber sterben als von diesem Manne getrennt zu sein.（我宁死也不愿离开此人。）"后世成全了他的愿望：1560 年，在马丁·路德故去十四年后，梅兰希通在维滕贝格去世，与马丁·路德一样享年六十三岁。人们把他安葬在马丁·路德长眠的宫廷教堂，让两位生前相知相惜的宗教改革家从此不再分离。

如今，在老城中心人来人往的市集广场上，维滕贝格最引以为傲的两个儿子并肩而立，接受来自世界各地的旅游观光者的瞻仰：路德像揭幕于 1821 年，是德国历史上第一座不是以王公贵族为主角的普通人雕塑，具有划时代的意义。梅兰希通的雕像紧随其后，完成于 1865 年。这两尊塑像充分彰显了两位宗教改革家和思想解放的先驱高山仰止的历史地位。

这两位德意志历史长河中的巨人，无疑是幸运和幸福的，不仅成就了辉煌的事业，而且收获了真挚的友谊，他们是被上天眷顾的人，被世人仰望的神，仿若两颗璀璨的双子星，交相辉映在维滕贝格的上空，不离不弃，相辅相成；熠熠生辉，相得益彰。

又及：维滕贝格市政府把 2018 年命名为"梅兰希通年"

（Melanchton 2018），为此将举办一系列文化活动，纪念梅兰希通来到维滕贝格五百周年（1518-2018），克吕格尔女士已向修总编发出了共赴盛会的邀约，让我们拭目以待吧。

德国的冬天不太冷

2017年翩然而至。新年新气象，赠自己一个"善付嘱"：有心愿便去实现，不管是想泡一壶茶、泡咖啡馆还是泡温泉；听从自心的召唤，对自己的兴趣爱好负责，从心所欲，去探访一座城，欣赏一幅画，聆听一场音乐会，直心而行，无怨亦无尤。

新年伊始，在电视上接连品尝了三场音乐盛宴，各有滋味，让人回味。维也纳新年音乐会，是辞旧迎新最简单又最合心意的仪式，也是我和女儿亲子互动的美好时光，不管在家里还是旅途中，我们都选择以聆听经典的方式，迎接新一年的到来。

汉堡易北爱乐音乐厅的揭幕音乐会，历史性的一刻，不容错过。那袅袅乐音，穿越岁月的滚滚风尘，叩击人心。夜幕中，缤纷多彩的霓光，跳跃在音乐厅的外墙，悦人眼目。

一年一度的德累斯顿森柏歌剧院舞会，与大名鼎鼎的维也纳歌剧院舞会齐名，吸引着乐迷的目光。现代与古典在此交汇、争辉，上百位青年男女翩翩起舞，青春洋溢，流光溢彩。聚集在剧场外大屏幕前的德累斯顿民众，朔朔寒风中见证着这座歌剧院历经战火与冷战之后的再一次繁荣。唯有和平年代，才能滋生这份平和与安详，化作寒气中的袅袅音符，飘向千家万户，给天涯海角的人们送去温暖与祝福。

身历其境的音乐会让听众更贴近地感受到现场的氛围、音乐家的个人魅力和人与人之间的互动。今年的第一场音乐会是在所住小城市中心的城市教堂聆听海顿的清唱剧《创世纪》（*Die*

Schöpfung），这是海顿最为著名的作品，始作于 1796 年 10 月，完成于 1798 年 4 月。这部清唱剧以《圣经·创世纪》和英国诗人弥尔顿的长诗《失乐园》为基础，由玛·斯维腾撰写德语脚本。全剧分成三个部分，由三位天使的领袖加伯利（Gabriel，女高音）、尤利尔（Uriel，男高音）、拉斐尔（Raphael，男低音）和亚当与夏娃的宣叙调、独唱、重唱共同构成，配以天使们的合唱。担任伴奏的是"城市教堂管弦乐团"，由本地的职业音乐家和音乐爱好者组成，其中一位职业大提琴手是我的朋友。

我们的结缘是通过各自的女儿，她俩同班，都酷爱骑马，是无话不谈、形影不离的好朋友。一次，我去她家接女儿，聊天得知她是荷兰人，娘家在阿姆斯特丹，她和老公都是音乐教师，一个拉大提琴，一个弹吉他。她漫不经心地告诉我，她的弟弟是赫赫有名的"荷兰阿姆斯特丹皇家音乐厅管弦乐团"的乐手，我当时听了惊羡不已。这个乐团是世界享有盛名的古董级的十大管弦乐团之一，而该音乐厅不仅音响卓越，而且古色古香、美轮美奂，是世界上最美的音乐建筑之一，该乐团 1888 年的首场音乐会就在此举行。每年夏季，一年一度的阿姆斯特丹运河上的露天古典音乐会，也是由该乐团承办。斜阳西下，习习凉风中，年轻的情侣们坐在小船上，老人们倚在自家窗台上，倾听久演不衰的经典乐段或歌剧咏叹调，边听边随音乐摇摆，惬意舒畅。

这次聊天后，我俩除了交流孩子的情况，也常常交换音乐会的信息。她告诉我，2016 年城市教堂修葺完工时成立了"城市教堂管弦乐团"，春天，在庆祝教堂重新对外开放的音乐会上，他们与三位独唱家和合唱团成功演出了海顿的清唱剧《创世纪》。当时音乐会的门票供不应求，应观众们的强烈要求，2017 年 1 月加演一场。

2016 年德国统一日前夕，他们在教堂里演奏了普罗科菲耶夫的交响诗《彼得与狼》和柴可夫斯基的《睡美人》。圣诞时节又与独唱家们和城市合唱团联袂演出了巴赫的圣诞清唱剧。每次递到我手里的音乐会宣传卡，都让人爱不释手，明信片大小，做工精美，色彩雅致。可惜因为外出观展和参加女儿圣诞节钢琴表演而与之失之交臂。2017 年将要举办的另外两场音乐会已经确定了，一场是七月份的电影音乐交响音乐会，一场是十月份的纪念马丁·路德宗教改革五百周年的专题音乐会，将演出门德尔松的《宗教改革交响乐》（*Reformationssinfonie*）和巴赫的《我们的上帝是坚固的堡垒》（*Ein feste Burg ist unser Gott*）。对于不是基督徒的我来讲，与基督教有关的建筑、艺术、文学和音乐是认识、了解和鉴赏德国历史、民俗与文化的一扇窗户。

一月中旬，女儿学校的整个八年级六个班大约一百八十名学生在老师的带领下，乘坐三辆旅行大巴去意大利北部滑雪八天。想着都替孩子们开心，十三四岁的少男少女们，脱离了家长的呵护与束缚，自由自在地在冰天雪地里滑雪玩耍，于皑皑白雪中体悟"天地有大美而不言"，何等惬意。

孩子不在家，我便"偷得浮生三日闲"，来回驱车约六百公里，去巴特洪堡（Bad Homburg von der Höhe）泡温泉，去法兰克福看画展，与情投意合的朋友们小聚，喝茶聊天，品尝美食。

施泰德美术馆举办的主题画展"性别之战（Geschlechterkampf）"，从 2016 年 11 月 24 日起至 2017 年 3 月 19 日，给人们提供了一个严冬里散步的好去处。被吸引去的原因是施泰德美术馆一贯的策展水准和宣传广告中那些个如磁铁般的名字：蒙克、弗里达·卡罗，和在不同艺术画廊屡次跃入眼帘的德国画家斯图克（Franz von Stuck）。他的两幅前后作于 1893 年和 1912 年的题为《有罪的女人》（*Die Sünde*）的油画分别在慕尼黑新画廊和柏林国家老画廊展出，他在二十年间（1891-1912）反复绘制同一题材，该画成为德国画坛 1900 年前后"最臭名昭著同时又最受观众喜爱的一幅画作"。画面上的女人袒胸露腹，深色长发和玄色披肩映衬着白皙肌肤，显得格外扎眼。一条闪着磷光的猛蛇盘踞在香肩，美女与毒蛇直勾勾地盯着观者，充满了警示、诱惑、挑衅与轻蔑，让人觉得被蜇了一下，忍不住探头去看画家的大名和画的名称。另外两幅斯图克的油画分别是馆藏品《亚当与夏娃》和来自德累斯顿新画廊的《失去的伊甸园》。

此次主题展以圣经故事为题材的作品非常多，亚当夏娃首当其冲，包括馆藏品罗丹的雕塑《夏娃》。同样取材于圣经故事的油画《莎乐美》（*Salome*）（本纳 Jean Benner，1899），看得人心惊肉跳。一位端庄秀丽的少女，手捧施洗约翰被希律王砍下的头颅，心满意足、似笑非笑，让人不寒而栗。另一副同样题材的油画（科林特 Lovis Korinth，1900）让观者恨不得疾步离去：莎乐美云鬓高耸、袒胸露臂，目不转睛地盯着奉上的盘子里施洗约翰的头颅，她弯下腰，好奇地用纤纤玉指拨弄死者的眼珠，面不改色，叫人忍不住慨叹：女人如花，心似铁。

莎乐美的故事背景是女性的记恨与复仇。然而人性是共通的，善恶高低贵贱并无男女之别。征服与占有，诱惑与贪欲，嫉妒与记恨，阴险与恶毒，非男性或女性专有，是人类共同的黑洞。几百年来，以莎乐美为主题的文学艺术作品层出不穷，被各路大师不断地描绘渲染，从王尔德的戏剧到理查·施特劳斯的歌剧，更有提香和卡拉瓦乔的传世名画，其中卡拉瓦乔甚至把盘子里的施洗约翰首级画成他本人的自画像。

蒙克不多的几幅作品中，有馆藏品《嫉妒》（1913），画中年长男子衣冠楚楚却怒发冲冠，因嫉妒而发绿的脸庞，把嫉妒的威力表现得淋漓尽致。右边的青年男子面容模糊，目光低垂，若有所思。两人之间的年轻女子身穿象征纯洁的白色连衣裙，直视前方，眼神坚定，充满了自信。这幅画是蒙克感情生活的真实写照，年长男子是他的朋友，一位波兰作家，年轻女子来自挪威，学音乐的女大学生，代表着妇女解放运动时期的新女性。她最终成了作家的妻子。这段三角恋情三位当事人的心理活动、矛盾和冲突，被蒙克永久地留驻在了画布上，是回顾抑或反思，不得而知。展览中的其他蒙克作品如《莎乐美》《女杀手》《灰烬》《青春期》《吸血鬼》等，均来自奥斯陆的挪威国家美术馆和蒙克美术馆。

徜徉美术馆，阅尽人间爱恨情愁、悲欢离合，体悟人性的愚痴与智慧、至善与极恶。

被窝里读诗观影，剧院里聆听音乐，博物馆里流连忘返，温泉池里静默沉思，身心舒泰，气定神闲，感觉不到严冬的寒意，生活仿佛一个冬天的童话，神秘而美好。

第二辑

| 社会・健康 |

儿童医生的忠告

时间过得真快，女儿今年就满十岁了，我还记得她呱呱坠地的小模样，记得那第一声啼哭：清亮的嗓音，抑扬顿挫的哇哇大哭，对初为母亲的我来讲，就好比天籁，有什么比一个健康而结实的婴儿更能给一位母亲带来快乐和满足呢？

在德国，初产妇和婴儿从医院回家后，最初的一周，一般每天都有助产士上门来检查母婴的情况，给婴儿测量体重，指导母乳喂养，解答母亲的疑问等等，这对于新手妈妈来讲很有帮助。

我起初以为孩子啼哭才喂奶，就没有定时喂，结果孩子体重一下子减轻了不少，助产士发现后告诉我，孩子也是因人而异，有的孩子出生后因为体重轻的缘故，要上闹钟定时喂奶，等她稍微大一点儿，自己产生了饿感后，才能依照哭声来喂养。

这位热心的助产士给我推荐了一位经验丰富的儿童医生，据说这位医生在德国南部的黑森林生活过一段时间，回到我们所居住的小镇后开办了一家只接受私人保险的孩子就医的儿童诊所（因为接受国有保险公司病人的儿童医生执照已经满额了），而私人保险的人数相对较少，那么医生就有更多的时间和耐心给新手妈妈更细致的解答和指导。

我非常喜欢这位白发苍苍、风度翩翩的儿童医生，他和蔼可亲、有条不紊，对待孩子风趣幽默，讲解道理深入浅出，特别是他崇尚自然、尊重科学的医学理论深得我心。每次去他那里，不管是打预防针（德国规定儿童在九岁前需打九种预防针）、例行检查（德国规定儿童在八岁前共有十次体检）或者就诊，他都逗得我和女儿哈哈大笑，既开心又放心地回家。

他的诊所是我见过的最有田园风味的诊所，每一个房间都充满了诗情画意，候诊室里有各种免费的科普医学杂志、五彩缤纷的儿童读物、玩具和一家迷你型的儿童超市，妈妈们可以在这里给孩子讲故事，孩子们也可以自个儿在超市玩过家家；接待室和两间不大的诊室总是插着时令的鲜花，都是从他自家的花园里采摘的；他特别喜欢河马，到处都是与河马有关的图画、饰品，连洗手的香皂都是河马造型，让人不忍下手；书桌书架和座椅要么是木制的、竹制的，要么是藤编的，有种返璞归真的情调，房间里摆满了植物和花卉，那些柔软而舒适的靠垫，还有充满了童趣的绘画，让整个诊所没有一丁点儿冷冰，只有满满的温馨。有一段时间，诊所的一扇门上挂着我女儿画的一幅童稚的大象，那是当时四岁大的她应医生要求交的"作业"，作为一次身体检查的附加材料。

言归正传，我尤记得他曾经给过我的忠告和聊天的点点滴滴，虽然他在一两年前就过世了。到今天，女儿遇到什么身体上的不适，我还在对她说，你还记得伯伯是怎么教你的吗？或者，伯伯说应该这样应该那样，女儿总是很信服地点头，并且照做。

有段时间，家里长辈总说女儿太瘦，需要吃得更多，我半信半疑，带女儿去检查身体时，顺便问到这个问题。医生的解答有根有据，女儿的身高和体重比例非常标准，完全不存在太瘦的问题，而现在的儿童普遍吃得太多，而且搭配不科学，蔬菜水果太少，碳水化合物不均衡，肉类太多，造成营养过剩，再加上很多孩子缺乏足够的运动，故小胖子和小胖姐都很多。孩子从婴儿期开始，就不能按照家长的意愿去撑她的胃，每个孩子都有天生的饱腹感，

巴登巴登勃拉姆斯故居里陈列的勃拉姆斯六十岁
生日纪念币和石膏面模，以及克拉拉·舒曼的石
膏手模。

"微缩景观世界"里的火车站

在父母心里，孩子像大熊猫一样珍贵。
（璐璐作于 2012）

愿孩子们像小老虎一样健康强壮

（璐璐作于 2012）

怀抱喇叭筒的小学生（李兰作于 2009）

奥古斯特·马克送给母亲的生日礼物《静物》

(1910)

弗朗茨·马尔克《风景里的马》（1910）。藏于德
国埃森（Essen）富克旺博物馆（Folkwang Museum）。

弗朗茨·马尔克《老虎》（1912），
带有明显的立体主义风格。

弗朗茨·马尔克作品《蓝色的小马》(1912)，
副标题："送给亲爱的小瓦尔特·马克"。
看上去像给小孩子坐着玩的"摇摇马"。

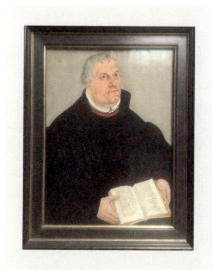

马丁·路德肖像画。小卢卡斯·克
拉纳赫（1515-1586）作于 1559 年。

梅兰希通肖像画。小卢卡斯·克
拉纳赫（1515-1586）作于 1559 年。

静静观赏《室内，海滩街 30 号》的观众

著名画家梯斯巴因（*Johann Heinrich Wilhelm Tischbein*）
创作于 1787 年的歌德肖像《歌德在罗马郊外
的乡村中》（*Goethe in der römischen Campagna*）

巴登巴登勃拉姆斯故居的起居室，又称"蓝屋"。

巴登巴登勃拉姆斯故居里的勃拉姆斯卧室

巴登巴登勃拉姆斯故居里的钢琴。上方陈放着罗伯特·舒曼、克拉拉·舒曼和勃拉姆斯的肖像画。

不能强行破坏了这种饱腹感，否则成年后只会成为超重一族，甚至成为高血压、高血脂、高血糖的患者。

这位医生曾经给过的建议还有：孩子睡觉的房间温度最好在18摄氏度，不能太热，早晚都要通风透气；孩子要多在户外活动，婴孩的时候就要每天推在童车里，出门去多多地呼吸新鲜空气，多照太阳，冬天也不例外，越是清冽的空气，对孩子的成长和成人的肺功能越好；他反对孩子断奶后吃超市里卖的现成的、瓶瓶罐罐里装的婴儿食品，而是鼓励和指导我用应季的新鲜食材给孩子做食物；孩子有皮外伤的时候，只要不再流血了，就应该尽量多地见光见风，不要捂着，这样好得更快；孩子咳嗽时他开的都是植物制剂的止咳糖浆，所含的糖分来自天然水果，这种糖浆既好喝又见效，有时我咳嗽，懒得去看医生，也喝它；他还曾经开过一种滴鼻子的油，也是植物制剂，能够保持鼻腔的湿润和通畅，又不损害鼻黏膜，成了我们家父女俩不需要处方的必备药，每次回国都要带上，以抵御北京的干燥和风沙；在他看来，宁可喝自来水，也不要喝碳酸饮料，那些饮料不利于健康，而矿泉水对孩子大人来说都很好；他还建议自己在家里鲜榨果汁，用一个苹果、一个广柑和一根胡萝卜，一杯下去，什么维生素都有了；这位医生给孩子推荐过的唯一的补药是一种补碘的药丸，还建议我也一起服用，一天一粒，他的理论是德国人吃海鱼太少，所以需要补碘，我倒是去药房拿了这种药，但常常忘记给孩子吃，后来就作罢了。

他曾经建议在附近的一家农场订购送货上门的新鲜鸡蛋、蔬果、肉制品等等，都是现杀现摘的，是真正的绿色食品，价格比超市要贵一些，我却贪图方便没有采纳；他是个尊重传统的人，有次建议我们开车去附近的古堡参观圣诞市场，觉得那里才是真正的、古色古香的、原汁原味的圣诞市场，既有传统的手工制品，还有家常的圣诞姜饼和地道的热红葡萄酒，我们因为忙碌至今也没去过。

如今，斯人已逝，少了一个应时应景地指点我健康风雅地去生活的人。

他的这些朴素而简单易行的养生观念，还留在我的记忆里，起着潜移默化的影响，我家里从来不备薯片、薯条、罐头和碳酸饮料，孩子从来不进补，一般的小病小痛仅靠睡一大觉来恢复，近十年来都这样，女儿自从上小学后几乎没请过病假，成绩单上都是全勤，这在她班上并不多见。

有时候，简单的就是好的，对孩子来说，吃好、喝好、睡好、运动好就足够好。

如何治疗抑郁症

2003 年 4 月 1 日，张国荣撒手人寰，从香港文华大酒店纵身一跃，绝尘而去。他的灵魂升上了天堂，却把喜爱他的人们抛进了地狱。无数的荣迷伤心不已，至今难以释怀。一代巨星以如此决绝的方式离开，让人们深切地领教了抑郁症的可怕和残酷。

2009 年，一个寒冷的秋日，收音机里传来一个令人震惊的消息，正在积极备战南非世界杯的德国门将恩克，驾车卧轨自杀身亡，年仅三十二岁。

第二天，在德国足协举办的记者招待会上，恩克的遗孀陈诉了他生前被抑郁症折磨的痛苦经历。发布会现场的所有人，包括德国总统、德国足联的高官们和恩克的队友们，都被恩克遗孀大难当头的冷静和克制震动了，同时为恩克的不幸遭遇掬一把男儿泪。

什么是抑郁症？它都有哪些症状？什么样的人容易罹患抑郁症？它是可以治愈的吗？

即便在德国这样一个医学昌明、大众医学知识相当普及的国家，抑郁症也曾经是一个禁忌的话题。但今天，专科医生和普通民众对这个人类健康的可怕杀手，有了更多的认识和了解。

在西方工业国家，抑郁症已经成为继心血管疾病之后，人们最容易罹患的疾病。一般来讲，女人罹患抑郁症的几率比男人高，其原因可能是遗传特质，也可能与女人承担不同的社会角色，对每样角色期望过高所致。生活在分居、离异和丧偶家庭的人比生活在幸福的两性关系里的人，罹患抑郁症的概率要高两倍。如果父母有一方或者双方都曾经罹患抑郁症，那么孩子患病的可能性相比其他孩子就会高。

抑郁症不等同于过度疲劳和精神崩溃。仅仅只是工作繁重，哪怕日理万机，甚或过度劳累都不会直接导致抑郁症。但适度的休闲和放松是必要的，比如定期休假，能够及时驱除疲惫、烦躁和焦虑，对保证健康的机体，远离抑郁症至关重要。

绵绵不绝的哀伤，无精打采，对诸事提不起兴趣，失眠，没有食欲，没有性欲，诸如此类的持续性的低迷状态，是抑郁症的征兆。这样的情况连续出现两周以上，就应该寻医。否则，轻度抑郁可能转变成重度抑郁，后果不堪设想。据资料统计，15% 罹患严重抑郁症的人会走上自杀的不归路。

当人遭受意外打击时，比如亲人离世，抑郁症可能会不期而至。邻居告诉我，她的母亲曾经罹患抑郁症，起因是父亲去世，母亲无法接受这个打击，一蹶不振，企图自杀，好在被子女及时发现，送进附近的精神病医院进行治疗，依靠吃抗抑郁症药和心理治疗，后来慢慢地完全康复了。老太太现在七十多岁了，身体硬朗，一个人住在一座带花园的别墅里，时不时地带着爱犬来女儿家串门，和两个外孙女说说笑笑，恢复了以前的开朗和生气。

我想起在 20 世纪 80 年代，发生在重庆四川外语学院的一件往事，当时的老院长罹患癌症去世，他的爱人非常悲痛，久久无法平复。这位老院长是一位懂得尊重知识分子的老干部，并把当时的学生食堂办成了全重庆最可口的大学食堂，深得教职员工和学生们的好评。他的爱人是我们院医务室的医生，待人接物和蔼可亲，受人尊重。人们都试着去关心和照顾她，但这一切在她的悲痛面前都无济于事。看着她一天天地憔悴，大家不知所措。终于有一天噩耗传来，她不堪情感上的重负，自杀身亡。在那个年代，大家还不知道有抑郁症这种可怕的疾病，只好把这一切归咎于"悲伤过度"和"看不开"。

抑郁症不可能依靠患者的意志、坚强或者自律来治愈，坚如磐石的铁人也可能被抑郁症击倒。意识和承认自己罹患抑郁症，并且尽快就医，按医嘱服药，甚至住院治疗，是明智之举。恩克患病和最终自杀和他的一段不幸经历有关，他的女儿拉娜患有先天性心脏病，2006年，年仅两岁的拉娜在手术过程中不幸夭亡。恩克曾经接受抑郁症治疗，但一度自行中断，没想到病情由此恶化，最终走上绝路。

抑郁症的诱因是多种多样的，童年的恐怖经历和心灵的创伤都可能对日后罹患抑郁症起到推波助澜的作用。有些身体上的疾病也会引发抑郁症，比如糖尿病和心血管疾病的患者就有雪上加霜的风险。有时候，多重因素叠加到一起，也会诱发抑郁症。有的人发病时慢慢发生的，由最初的失眠、乏力、力不从心、心慌、心悸，到后来病情加重、讳疾忌医、拒绝治疗，甚至产生自杀的念头。而有的人甚至能对医生描述出在某个时候，因为某件事情，而导致了抑郁症。由此可见，病因、病况都是因人而异。

多数情况下，德国人治疗抑郁症，要么靠药物，也就是"抗抑郁症药（Antidepressiva）"，要么靠心理治疗。严重的患者需要住院进行双重治疗，即药物和心理治疗双管齐下。医院还组织患者进行小组座谈、冥想训练、画画、手工、简单的运动等等。治疗效果也是因人而异，有完全康复、焕发新生的，有复发的，也有失败的。

一方面，抑郁症是一种可怕的疾病，可怕之处在于，它不像别的疾病，比如感冒发烧等症状明显，借助现代医疗器械，医生容易确诊，抑郁症患者往往一开始意识不到自己患病，没有及时就医，当病入骨髓，有些病人又会排斥寻医，或者丧失了自己主动寻医的能力，以致病情越来越严重；另一方面，抑郁症不是绝症，如果及时治疗，医疗手段得当，是能够完全治愈的。

在德国，除了专科医院和专科医生，还有一些民间机构，为抑郁症患者和家属提供病情咨询、心理辅导、最新的研究结果，甚至治疗建议等等，组织病人和家属分享治愈和护理经验。

德国医生认为，罹患抑郁症的患者实际上并没有比以前增多，保险公司统计上所显示的病人数目的增加，更多地说明了，以前的人们包括医生，对此疾病的了解不多，一些抑郁症患者有背疼胸闷等并发症，被误诊为别的疾病，也就没有被列入抑郁症的统计数字。

而现在随着抑郁症知识的普及，更多的患者，要么自己能够觉察并主动寻医，要么被具有抑郁症常识的家人送医，通过医生及时和正确的诊断，能够在患病初期就得到相应的治疗，对症下药，减轻了和缩短了患者的痛苦，让其生命质量得到了提高，既是患者本人，也是其家庭的福音。

三代人之间的亲近与距离

当今的德国祖父祖母这一代人，也许曾经生活在二战的阴影之下，却是不存在纳粹嫌疑的一代人。他们大多受过良好的教育，身体健康，发式新颖，衣着时尚，敲着 iPad，喜欢四处旅游，见多识广，是新一代的祖父祖母。

现在的祖孙三代关系比以往任何时代都要亲密。但亲密中又保持足够的距离，让这种亲密的关系能够维持下去，不受到日常生活中容易出现的矛盾的困扰。理性的德国人是如何做到的呢？

第三代来到世上后，大多数德国人奉行的是父母负责孩子的教育，祖父祖母提供参考的生活模式。也有一种说法是：父母是负责给孩子上规矩的，是严格和不讲情面的，是唱黑脸的；祖父祖母则是专职宠爱和娇惯孙辈的，是不讲原则的，是唱红脸的。孩子大多数时间都是和父母生活在一个屋檐下，祖父祖母有自己的居所。大家各司其职，井水不犯河水。

就像我的邻居，时不时帮助儿子媳妇照顾孙儿孙女，按理说吧，爷爷奶奶应该在第三代的姓氏上（注意，这里是指姓氏，而不是名字哦）有发言权，但他们老两口不掺和，随小两口决定让孩子随了母亲的姓氏。他们心里肯定是有想法的，但想法归想法，行动起来却是按照道理来：那是儿子媳妇的私事，是他们在给自己的孩子起名字，他们有决定权，而不是作为公公婆婆的我们。

这个媳妇还是我为了写文章方便叫作的媳妇，他们已经有一儿一女了，但是还没有结婚。这也是儿子媳妇的私事儿。轮不到老两口发言。据邻居说，孙女出生的时候，媳妇大度地说，要不然老二跟爹姓，这样爷爷奶奶高兴。爷爷奶奶说，可别这样，还是像哥哥一样跟妈妈姓的好，不然外人还以为是两个爹生的呢。我听了，简直觉得像网络上的段子一样好玩，邻居两口子也觉得可乐极了，大家笑成一团，就发生在去年的圣诞晚宴上。

邻居说，两个孙子孙女每次一来她家里，就嚷嚷着要吃奶奶做的蛋糕，或冰箱里的草莓或香草冰淇淋。以前媳妇还提抗议说，不能让孩子们吃那么多的甜食。奶奶终于忍不住发话了："我心里有数的。不会给太多。"邻居对我说："在我家里，我可不会拒绝孩子们的合理要求，那我还是奶奶吗？在她家里怎样，她说了算。到我这里，就得按照我的规矩来。"她捂着脸偷笑道，"安娜再也不啰唆什么了。"

是的，爸爸妈妈的功能不同于爷爷奶奶的作用。孩子每天都和父母生活在一起，父母不仅有言传身教的责任，还有给孩子灌输健康饮食的义务。有的东西不能天天吃，有的事情不能日日做。父母更多的职责是养育和教育。只要规矩上好了，孩子从小明白做人的道理，懂得为人处事的原则，偶尔被祖父母娇宠一下，只会感觉到被更多的人疼爱，感觉到人世间的和谐与美好，而不会因此滋生出骄奢和狂妄自大的毛病。因为他们的祖父母也是受过良好教育的一代人，他们对孙辈适当的宠爱是不可避免的，但不会肆意否定子女对孙辈的合理教育。只有这种不横加干涉子女的私生活，尊重子女，尤其是媳妇女婿对孙辈的教育与管教的生活模式，才会有相安无事又亲密接触的祖孙三代的生活模式。

社会学家、心理学家和历史学家在研究中得出结论，德国的三代人之间，从来没有像今天这样，相互之间那么理解、那么相互帮助。在工业化社会之前，每一代人更多的是各顾各，哪怕有那些想象中的田园风光式的大家庭生活，也只是存在于人们的幻想之中。一位18世纪的妇人，是没有能力在哺育了自己的八个子女之后，再去帮助抚养自己的二十四个孙子孙女。这种充满凝聚力的大家庭的美好画面来自19世纪富裕阶层的描绘。真正要实现它，还需要一个世纪的时光。现代人拥有比前人更健康的体魄，更完善的养老保险，和三代人之间更平等、更相互尊重的和谐关系。只有在这样的前提条件下，三代人之间才学会了如何更轻松愉快地彼此相处，就像现在许许多多德国家庭所做的那样。

21世纪的德国人，老少之间或说三代人之间，比以往的任何时代都要更贴近，这既指思想观念的接近，也指生活方式的相似。德国有关的统计数字得出的结论是：六岁以下的孩子，每三个孩子当中，在一周里，就有一次是祖母或外祖母在照顾。算下来，就是一个月有四十七个小时，30%多的孩子归祖辈照看。祖辈们不仅很乐意付出自己的时间与精力，而且10%的退休金也都心甘情愿地纳入了给孙辈们买礼物的开销中。

德国著名的心理学家、老年问题研究家、海德堡大学老年病学学院院长Andreas Kruse教授曾经说道："当年老的一代学会不再把目光放在孩子和孙子身上，而是过自己的生活；当三代人之间能够自由而灵活地相处，大家都能够做到保持内心的亲近和外部的距离时，家庭生活就会变得愉快而轻松。"在这位学者看来，大家庭幸福生活的公式就是：保持距离感的亲密度。不多不少，恰恰正好。不是出于被迫，而是自觉自愿。这就是生活中一种相处的艺术。

人和人不一样，每个个体都千差万别。与长辈和睦相处，既是一种幸福，也是一种幸运，或者就像我们中国人所说的缘分。有的德国人特别喜欢一大家子凑在一起过圣诞节，一起新年守岁，一起过每一个家人的生日，就好像我员工的老婆。公司聚会的时候，她和我聊天，她大概五十多岁吧，有六个兄弟姐妹，每个人都有自己的生活伴侣，倒不一定都在婚姻关系中。他们差不多每个月都要聚那么一两次，因为十二个人就有十二次生日，还不把下一代的生日算在内。她和老公既没有结婚，也没有孩子。父母健在的时候，三代同堂大聚会，都是一群爱玩爱闹的人，与父母关系特别亲近，虽然不是一代人，但人投缘，人以群分，聚会在他们看来就是过节、就是放松、就是开心和幸福。父母驾鹤西去后，兄弟姐妹保持了家庭聚会的传统，并且乐在其中，这是他们之间的缘分和幸运。

德国因为幼儿园的位置常年不足，所以常常可以看见或听见不同的党派在呼吁祖父祖母们发挥余热，积极照看孙子孙女。午休时，我的财务助手恰恰看见手机上的这类新闻，忍不住抱怨开了。她不屑地说："嗨，长年累月没有足够的托儿位置，这明明是政府的无能啊，政府的丑闻啊，凭什么转嫁给祖父母呢？谁都没有权利支配另一代人的生活啊！气死我了。"我和她议论了一阵子，她不经意说起自己最要好的朋友，才到夏天就开始忧心忡忡圣诞节得去拜访祖父祖母，她这位朋友用词比较激烈，说："恨透了那些建议，不喜欢看见额头上的皱纹，讨厌闻到衰老、沉闷的味道。"而我的助手恰恰相反，她喜欢自己的父母、祖父母，至少能够调侃他们的个性，喜欢与他们在一起度过的闲暇时光。她说，"我这可不是必须做的哈，而是自己能够喜欢和接纳，是自己心甘情愿地喜欢他们。"每个人都有不喜欢别人的权利。所以说，亲人之间，尤其是三代人之间能够相互接受、理解、信赖和喜爱，并非什么理所当然的事情，而是一种幸运和幸福。这既是给予和付出，也是接受和接纳。这样的幸福和幸运，是需要付出努力，去获取和去维护的。

德国著名心理学家和精神治疗师、哥廷根大学的 Günter Reich 教授为幸福大家庭的形成指点迷津，他认为：每一代人都需要过自己的生活和拥有自己的生活状态。上代与下代之间要有一定的间隔，这对于家庭幸福至关重要。父母起到教育子女的作用，祖父母可以提出建议。在父母的屋檐下，以父母的话为准则。如果这个规矩不能够被重视，那么就会引发矛盾。

听起来容易，做起来并不是那么容易。

当新手爸妈与一岁小宝为了什么芝麻小事纠缠不清的时候，祖父母能够忍得住不多言不插手，哪怕这在他们这些有经验的老人家眼里看来是多么可笑。而当祖父母与孙子孙女互动时，当老人们给孙辈们不厌其烦，或者啰啰唆唆地讲以前的老故事，或介绍老人眼里的文化遗产时，父母得做到沉默是金，如果不能够做到锦上添花。这都是说起来容易，做起来不那么容易。

三代人之间的相处，需要忍耐，需要平衡，需要理性，光有爱是远远不够的。

在亲近与距离之间，在期待与失望之中，在付出与接纳之时，少一点冲动与误解，多一些思虑与规则，让宝贵的相处时光，晕染着默默的谦让与静静的欢喜。

自愿不育的女人们

据统计，每五个德国女人中就有一个没孩子，而且这个倾向呈上升趋势。她们中既有自愿不育者，也有想要孩子，却因为不同缘故而未能如愿以偿的女人：有的因为一直没有寻觅到合适的伴侣；有的因为忙事业或照顾生病的家人而错过了最佳生育时间；有的伴侣或自己患有无法治愈的不孕不育症。

不少德国人对自愿不育的女性抱有偏见，认为她们自私，贪图安逸，只考虑自己。我的德国邻居曾发牢骚说，他的小姨子夫妻俩真是"可耻"（unverschämt），两人臭味相投，自觉自愿的丁克一族，成天除了工作，就贪图吃喝玩乐，不愿承担一丁点儿社会责任，一到周末就变着法儿地玩，天气好开敞篷飙车，天气差窝家里看电视。如果谁都不肯生育，那么以后的老年人谁来养呢？他们真该死，应该多纳税，晚退休。他自己和老婆辛辛苦苦养育了三个孩子，多么不容易，多么劳苦功高。

另一位女邻居听了不服气，笑嘻嘻地反驳道："都21世纪了，你还这样陈腔滥调，堪虞啊。每个人都有选择生育或不育的权利，不是吗？再说了，没孩子的人群中多少是百般求子而不得，本身已经够失意难过了，怎么可以惩罚性地向他们征收所谓的'不养孩子税'呢？"

女邻居本人也差点选择当丁克，后来架不住父母的谆谆教导和朋友的循循善诱，三十几岁才要了孩子。虽然孩子健康活泼，聪明可爱，给她带来莫大的幸福与满足，但让她再生一个，打死也不愿意了：多么耗费时间精力呀，她个人的兴趣爱好那么多，分身乏术啊。女邻居享受自己现有的生活，满足于养育一个孩子的乐趣，既敬重多子女家庭的主妇，也理解不愿生育的女友。

没有孩子的女人在生活中一样可以发挥母性的特质，只不过，她们针对的不再是自己的孩子，而是身边不同的对象，对方可能是她的亲人朋友同事或学生，也可能是她自己建立的公司、创立的品牌，或一个重要的课题，或一项公益事业。

尽管不育的女性已占德国育龄人口的五分之一，不再是个案和特例，但由来已久的社会成见依旧存在。不愿生育的女性被贴上"自私自利，只顾及自己"的标签；而想要孩子却没有生育能力的女性，则得到广泛的同情。但不管是两者之中哪种情况，都被认为不正常，要么是心理的问题，要么是生理的缺憾，均被纳入"不完美"的一族，仿佛每个女人，无一例外地都应该、都适合做母亲，否则就违背自然，就有所缺失，就不圆满。

自古以来，人们歌颂母亲，赞美母爱，因为母爱象征着心甘情愿的付出，不求回报的关爱和不计得失的帮助。拥有这些性格特质，充分地展现和发挥母性，不一定非要通过生儿育女的途径，她既可以是位母亲，也可以是位阿姨、老师、义工或企业家。她们付出心血，悉心关照，以蔚然不同的方式，在这个世界上留下自己的痕迹，烙上自己的印记。

美国作家伊丽莎白·吉尔博特（Elisabeth Gilbert）在著名脱口秀主持人奥普拉·温弗瑞（Oprah Winfrey）的节目中坦然道："我爱孩子，但从来不想要自己的孩子。有的女人生来就是做母亲的；有的则是当阿姨的料；而有的，与孩子之间的距离不宜在三米之内。"

现年四十七岁的吉尔博特曾与丈夫生活在环境优美的别墅里。

婚后，他的理想是生儿育女，而她，却想走出家门，环游世界，看看这个缤纷的尘世到底有多么精彩。于是她离了婚，到世界各地去旅行，在修行中沉思默想，以此经历写出了畅销世界的书籍《美食、祈祷和恋爱》，带给数百万读者启迪与思索，还被好莱坞拍成了电影。

旅行与自我寻觅，听上去随性而浪漫。乍眼看去，吉尔博特符合大众眼里自私女人的形象：一个不愿生养、不愿承担责任、只考虑自己的女人，一个典型的追求安逸与舒适的享乐主义者。其实呢，她不仅是一位关爱孩子的阿姨，还与朋友一道在美国成立了专门照顾难民儿童和无家可归青少年的慈善机构。他们的口号是："这里没有别人家的孩子。"正如她曾经说过的那样，她喜欢看着孩子们成长，为他们做事情，拥抱他们，只不过，她从来都不曾产生拥有一个自己亲生子女的需求而已。同样没有自己骨血而关心孩子的温弗里，童年时遭受性侵，成名后她发挥自己的影响力，积极提议并成功推动了《全国儿童保护法》的通过，在全美范围内建立了一个虐待儿童罪犯数据库，旨在保护儿童免受性虐待。

在吉尔博特看来，母亲节不仅是向普天下的母亲致意，更是召唤人们面对妇孺儿童时，应该抱持一种充满责任与关怀的慈母般的情怀。

三十几年前，我母亲在慕尼黑进修德语，她那时的女房东如今已逾花甲之年了，一直与男友同居未婚，两口子自愿不要小孩。与她一起喝茶聊天时，她主动提起不育的话题，说："从五岁起我就明白，第一，长大了我不要做母亲；第二，我以后想当老师。"她从自己母亲身上体会到的，20世纪50年代德国普通人家家庭主妇的生活，辛苦吃力、枯燥乏味，对她这样一个早熟而又敏感的女童来讲，没有丝毫的吸引力。而与小朋友们在花园木屋里玩"上学"的游戏，却让她兴趣盎然，从中体验到一种"专注中的宁静"。后来她心想事成成为老师，教授美术和历史。她认为，老师与家长各自负责孩子的一部分：家长在家里给予孩子爱和安全感，老师在学校里负责孩子们"精神上的输入"，就好比在一座村庄里，为了教育好一个孩子，人们需要承担不同的角色，各司其职，各负其责。她当然也领教过人们对未曾生养的女性惯常持有的偏见，即便是老师也不能幸免。有的家长认为，没有子女的老师，无法真正弄懂学生们究竟是咋回事儿。她反驳道："其实情况正相反，因为我没有自己的孩子，心中没有牵挂，所以学生们获得了我全部的注意力。每到中午放学，同事们都急匆匆赶回家照顾自己的孩子，我却有充裕的时间，不慌不忙地与学生或家长对话聊天。"

另外一位德国女友也是自愿不育者，她从小到大的理想是像父亲一样，成为一个自由自在的独立创业者。三十岁时，她与先生志同道合，成立了一家天然化妆品公司，创立了自己的品牌。公司就像她的孩子，她每天早出晚归，周末也常常加班，乐此不疲、全神贯注地"哺育孩子"；同时雇佣年轻女性和妈妈们，给她们提供灵活的工作时间和获得提升的机会。令这位女友倍感骄傲的是，公司所生产的以芦荟为原料的天然化妆品，全部获得了严格的生物认可证书。她全部的注意力集中在改善工作环境，改进工作流程，和让产品更加环保上面。回望过去的三十年，她笑道："不可能每个人都只在关心自己的孩子。得有人付出全部的精力，来关心这个世界，这个属于我们孩子们的世界。"

2014 年，德国作家萨拉·迪尔（Sarah Diehl）出版了一本书，名叫《不嘀嗒作响的钟》（die Uhr, die nicht tickt）。"钟"在此处寓意的是女性的生物钟，在育龄期间不分昼夜、嘀嘀嗒嗒地作响，提醒和催促着育龄女性赶快抓紧这有限而宝贵的时光，孕育自己的宝宝，实现为人母的愿望。迪尔在书中采访了那些自愿放弃生育的女性，她们的原因各式各样，但与自私自恋没有什么关系。作者现年三十八岁，没有孩子，她在书里替同类人群辩护道：传统社会对今天的女性仍旧抱持着根深蒂固的偏见，以为"只要是女人，就有生儿育女的渴望"，而事实并非如此。每个女人都有自由选择自己生活方式的权利。迪尔的这本书想告诉人们，不想要孩子不代表愚蠢、胆小、自私和不合情理；没有生育的女性一样能够生活得丰富多彩，幸福而满足，女人的女性特质与母性魅力不应该再依据是否做母亲来定义和衡量。

天下的女人千姿百态，各有各的好与不好、长处和短板、辛劳和苦衷；也各有各的风姿，好比玫瑰与百合，互不相扰，兀自美丽。

世上的路百千条，每个人都有自主选择自己生活道路的权利。适合自己的才是最好的。认清自己的需求，尊重他人的选择，各自心安，各自成长。

我所认识的德国商人

在德国经商十八年了，工作中接触到形形色色的德国商人，既有不同类型的供货商，也有大中小型客户，还有各种竞争者。其间目睹了无数公司的兴衰。商场如战场，在这一行当谋生的人，各有所长，有的是科班出身，在大学里念过经济学和营销管理；有的子承父业，从小耳濡目染；有的在技校学习过相关的商业知识。多数德国商人的个人修养都比较好，注重仪表，谈吐有礼，非常守时，给人留下知书达理、朴实可靠的印象。我们常打交道的一些保险商、货运商和包装材料商就属于这一类型。为了拜访客户时不迟到，他们一般都提前出门，预留出可能出现的塞车或绕路的时间。逢年过节，或出现质量、价格、服务上的问题，他们会立即登门拜访，一是联络感情，二是及时处理问题，化解客户可能出现的不满情绪。有一次，我在公司客人的停车位上看见一辆陌生的车子，一男一女坐在里面聊天。他俩一大早开车从近四百公里外的汉堡赶来，准备与我们公司负责市场营销的员工谈广告事宜。他们足足提前了快一个小时抵达，然后等在外面，到时间就准时按铃。我们自己去外地拜访大客户时，无论乘飞机、火车，还是自己开车，都是宁可赶早，也不要迟到。做生意讲究诚信，守时是第一要素。

德国人并不死板，在商言商是没错，但认识久了，并且见过面的商业伙伴之间，还是讲究人情的，只是平日里不怎么表露，遇到事情才表现出来。比如我以前休假，一些平日里经常通电话的老客户就会反复叮咛我先生，让他向我转达他们的问候，祝我在家乡玩得愉快等等。先生当时很诧异，说没有想到德国客户那么热情，和他不熟，却聊个不停，言辞之间充满了对我的友好和善意。我生孩子的时候，负责我们公司业务的银行分行行长、保险公司的负责人，还有会计师、律师等等，都纷纷亲自登门送来礼物。那位行长夫人是位摩登时尚的女士，我们以前在银行举办的派对上见过面，一起吃吃喝喝，聊得还算投机。她代表她的先生，亲自来家里看望我和孩子，带来自己花园里精心培植的花卉，向我传授育儿经。而那些仅靠电话联系的商业伙伴，平时不见面的，事先一点儿都不知道我怀孕一事。我是一直工作到临产才休息。那些熟客得知消息后，惊得下巴快要掉下来，一再说不可能，昨天我还和她通电话呢，怎么会一点点迹象都没有呢。然后纷纷送上美好的祝福，也表示了一些遗憾和失落，就是我不能再像以前那样整天朝九晚五地照顾他们的业务了。就在前不久，我还收到一封友好的电邮，是很久以前一位客户写来的，字里行间还在留恋着以前我们一起做生意的时光。我从十年前就不再负责采购和销售了，主要工作变成了管理公司的财务，现在主要与各个公司的财务部门打交道。而在激烈的商业竞争中幸存下来那些君子之交淡如水的客户，时不时还能听见他们传来的问候和关切。

德国一些大公司对供货商的要求非常高。我们以前做生意，一般只会想到给客户申请商业信用保险，是因为担心对方跳票或者倒闭。但对供货商的审查就不那么严格，只要对方按时供货、并且产品质量过得去、价格优惠就行。德国大公司考虑得比我们周详，不单纯凭产品和价格挑选供货商，而要求对方不仅有经济和技术两方面的实力，而且必须诚实可靠、具有商业信誉。他们会为此专门登门拜访，考察你公司的规模、货运和人员状况。他们吸纳供货商时非常谨慎小心，而一旦把你列入他们的供货商名单，一般就会和你长久地合作。遇到问题或分歧，双方肯定需要互相探讨和讨价还价。但合作关系一旦形成，一般双方都会秉承互惠互利的大前提，尽量一起做下去。

德国大多数商人遵纪守法，与德国严格的法律制度有关。生产和营销假货与盗版的厂家商家很难在德国混下去，因为一旦这种违法行为被举报和查处，常常被罚得倾家荡产。还有的公司仅仅因为贪图便宜，对供货商的审查不够严格，而被动地掉进逃19% 增值税的圈套。始作俑者往往是别国的商人，他们瞄准一些有财力和规模的德国公司下手。德国国税局对这些职业骗子鞭长莫及，德国的法律也惩罚不到他们。而那些因为失察或者贪心而上当受骗的德国商人则很倒霉，德国国税局对这些被动逃税的德国公司毫不手软，责令他们必须补交国税局没能在那些骗子公司收到的税款。我们认识的一些公司规模巨大的商业伙伴，有的本来发展得很好，往往一失足成千古恨，因为无法补交巨额的增值税而被迫关门。

德国公司付款情况一般比较好，拖拉的是少数，恶性倒票不是没有，而是个别情况，我们曾经遇到过一次有计划的犯罪行径。对方买下德国一家有商业信用的公司，然后利用从保险公司取得的信用额度，在我们行业不同的公司大量订货，然后卷款而逃。这家公司就在我们附近，主动打来电话在一位销售处订货，然后迟迟不付款。我们开车上门追款时，对方已经人去楼空，我们只能报案了事。如果在大量供货前，就登门去拜访这家陌生的新客户，也许我们会看出其中的端倪。事后觉得我们做老板的有失察之责，当时这家不属于我们行当的公司是有疑点可循的，而我们仅凭其有信用保险而疏忽大意了。

德国一些历史悠久而规模巨大的公司付款非常准时，给人感觉是恪守信用、财大气粗，当然他们对产品质量和售后服务的要求也非常高，他们的员工都是高学历，并且见多识广，待人彬彬有礼。

我们很少需要和德国客户或供货商一起吃饭，别的应酬就更不需要了。偶尔和客人一起打高尔夫球，也就为了一起玩球而已，没有商业性质在里面。大家约定俗成，公事公办，出差开会都是在周一到周五的办公时间。我们偶尔的请客吃饭屈指可数，多是对方千里迢迢而来，事先主动提出想吃大名鼎鼎的北京烤鸭，希望我们能够推荐一家好的中餐馆，由他们来买单。作为地主和来自礼仪之邦的中国人，我们慷慨地请对方吃北京烤鸭，喝德国生啤。他们投桃报李，第二次来一定要回请我们。大家席间聊中德两国的风俗文化和美景美食，杯盏间增进了相互的了解和信任，不觉得是恼人的应酬和负担。

我一直记得两位德国客户，虽然与他们的交往已经过去那么久了，我也从来不曾见过他们，但他们的声音和我想象中他们的样子，还存留在我的脑海。一位 P 先生，他最后一两次来订货时，声音有些暗哑和颤抖，平日里听起来自信、阳光、洒脱而有礼的男子，仿佛变了一个人，迟疑、不安和恐惧，通过电话线传到我的耳膜。当然，这都是事后回想时我自己内心的感受。当时我接纳他的订单时，一定没有丝毫怀疑和猜测，而是充满了喜悦和乐观。在商海里初出茅庐的我只想卖货赚钱，不会去想别的。结果他的支票没有能够兑现，公司也很快关掉了。我想他在订货的时候，就明白他其实是在行骗，因为他的公司已经没有支付能力了。那个时候，我们的公司才刚刚开张半年，如此数目的一次跳票对我们来说，仿佛一棵幼苗被硬生生剪了一刀，不至于丧命，但疼痛非常。事后，我很庆幸从开公司的第一天起就买了保险，不怕一万，就怕万一。我心里没有责怪过这位客户，他不同于上述那起恶性诈骗。他的公司开不下去了，他这样来订货，不过是想为自己多捞一点点钱，也许是为了孩子，或者为了家人，有其不得已之处。他的处境已经够不幸的了，让人觉得可怜和同情。公司只要能够运转下去，受点儿伤也没什么，我这样安慰自己。

另外一位 H 先生，他的公司在亚琛，是我们当时最大的客户之一。他在我们行业里的口碑特别好，大家都愿意与他做生意。他为人非常豪爽，订货一言九鼎，付款干脆利落，与他打交道很舒心，他对我这样名不见经传的小公司，还是外国人开的公司，充满了信赖和好感，大家合作非常愉快。那个时候，主要是依靠电话报价，有时候发发邮件。遇上他急需的货物，我们会派司机当天给他送货，他当场付支票，双方都满意。后来有一次，我们给他寄去了很贵重的货物，结果第二天被退回来了。这是从来没有发生过的事情，我觉得蹊跷，马上打电话去询问，他在电话上支支吾吾，与平日里的掷地有声判若两人。他没有否定他的确订了这批货，也没有说他拒收的理由，而是含含糊糊地说，很抱歉，那你们就再寄一次吧。第二次还是被拒收了。我们当然不会再稀里糊涂寄货了，因为这太不正常了，而他公司的电话已经打不通了。后来我们才从别的朋友那里得知，他的公司树大招风，不当心进了内贼，被与犯罪团伙有瓜葛的员工洗劫一空，卡车把仓库撞了一个大洞，所有值钱的货物都被搬走了。我深深地为他而感到惋惜，不知道他有没有办理相关的保险，以此挽回一些损失。事实看来，他没有能够逃过这一劫难，好好的一家公司，就这样消失了。

虽然我们为 H 先生的公司也进行了客户保险，但如果他接收下货物而不能付款的话，我们也会损失 20% 的金额。而且，保险公司的赔付也不是一天两天能够到账的。他是我们的大客户，货款的额度相当大。他知道自己公司即将破产,因而拒收我们的货物;在我不知情而追问的情况下,他既无法陈诉实情,又不愿意出尔反尔、亲口砍单,所以含糊其辞让我们再寄过去。当时他在电话上一副忧心忡忡的样子,哪个生意人没有几分烦心事呢,故我也没有在意,更不便多问。但最后他仍旧拒收了我们的货物,使其安全返回到我们手中,保护了我们的利益,让我们公司免受鱼池之灾,这份诚信让我感念至今。

放眼望去,德国商人的素质参差不齐,其思想行径和言谈举止的差异,主要取决于每个人所拥有的成长条件和所接受的教育程度。身处其中的商业环境与社会风气,对生意人的成熟与发展起着潜移默化的影响。在德国相对完善和严格的各种法律条文的制约下,不良商人的存活率应该说是相当低的。

开公司的点滴

在德国开公司说简单也简单，说难也难。

从1996年到现在，瞧着同行业中大大小小的公司倒闭的倒闭，吃官司的吃官司，不由想到德国人常开玩笑的那句话：如果开了公司，那么你的一只脚就已经踏在监狱里了。这话虽然夸张，却说明了一点：德国是个法治国家，任何在经济上违法乱纪的行为，都会受到惩罚。

而在德国成立公司也容易，比如我们自己，作为赤手空拳的外国留学生，从第一步申请开公司，将学生签证转换成工作签证，没有任何后台，也没有聘请律师，仅凭自己准备的书面材料，自个儿找德国官员面谈陈述，跑了一趟政府部门，不需要请客送礼就办成了。有那么一点点运气，更多的是得益于制度。

不管在什么领域，相互信赖是长久合作的前提。

在德国做生意，有的行业是以电话销售为主，客户拜访为辅，生意场上的应酬微乎其微，大家做生意凭借诚信二字。有的客户做了十几年生意连面都没照过。现在因为互联网的缘故，连电话都减少了，在最初的了解和熟悉后，后续的生意很多时候就靠网络上的联系成交，简单、明了，不费口舌。

好朋友是生意场上最弥足珍贵的财富。

在我们创业的初期，一位朋友指点道：做生意首先要管好两点：财务和库存，不然一切都是白搭。值得信赖的朋友在关键时刻的一言半语，往往可以让人悬崖勒马或者事半功倍。

"早起的鸟儿有虫吃"这句话，是创业初期，一位美丽优雅、长袖善舞的台湾女士勉励我的。那时候，每天一大早，我进公司的第一件事情，就是虚心地向资深的她讨究行情，受益良多。是啊，我们背井离乡，没有学过经济学，没有经商的经验，没有雄厚的财力，要想和土生土长的德国人竞争，只能不耻下问、笨鸟先飞了。德国有句谚语异曲同工：Kein Preis ohne Fleiß，译成中文就是：一分耕耘，一分收获。

做生意和爱情一样，长长久久才是王道。

当你在业界从无名小卒变成有名有姓，十几年的光阴也就这样从指缝中溜走了。在公司运转良好的前提下，公司存在的时间越长久，商业信用额度就越高，人脉也越辽阔，客户与供货商便会不请自来，形成雪球效应。良好的口碑和实打实的信用额度，让你从一开始的被挑选到你可以自由选择。这样一来，在买家为大的市场里，不仅在供货商面前，即便面对客户，你都拥有更多的话语权。

在德国做生意，对大多数行业来讲，打交道最多的政府部门就是税务局了，每隔几年就会例行检查账目。公司越大，被查得越频繁和仔细，因为和小公司相比，大公司补税的可能性和金额都更大，对税务局来讲更"有利可图"。只要公司不差钱，就委托给会计师处理，让国税局的官员直接去会计师事务所查账，大不了就是补税，补也是补给政府，用在公共建设身上。所以一不用请客送礼，二不用点头哈腰，一切公事公办，他是公务员，你是纳税人，各尽其责而已。

德国商界良莠不齐，有人的父母本身就是成功的企业家，扶持子女不遗余力；有人是商业奇才，能掐会算；有人吃苦耐劳，守得云开见月明；但也有图谋不轨之徒，存心骗钱或者无奈之下跳票的事情时有发生。我们做生意，只要能把握住一点就可以不伤根基，就是严格遵照客户的商业信用额度出货，不凭感觉，不讲关系，就事论事，在商言商。

作为女性，在商场上如果遇人不淑，最好的办法就是果断地放弃这个客户，你要相信，素养决定成败，这样的客户走不长远的，不要也罢；并且再怎样也不差他一个客人吧。好的客户见多识广，知书达理，懂得分寸，即便讨价还价，也让人如沐春风，笑谈间成就一桩生意，不会让人感觉到压抑和不安。

创业容易守业难。

小公司人少库存小，凡事一目了然，便于管理，即便出错，也是小错，容易更正，就好比小船容易调换方向一样。

而在发展和壮大的过程中，只有做到居安思危，未雨绸缪，企业才能稳中求胜，长治久安。

送礼的讲究和禁忌

来而不往非礼也，人情练达即文章。

生活在异国他乡，入乡随俗是一门学问。与德国人打交道，接受礼物和送礼都是不可避免的，并且，也应该是一件让双方高兴的事情。

如果是德国人请你上饭店吃饭，带一样小礼物，表示一种基本的礼貌就足够了。如果是去德国人家里做客，一般是女主人亲自下厨，那么，礼物最好送给女主人，以示对女主人的尊重。要知道，古今中外有些东西是共通的，比如一个家庭的气氛，或温馨热闹，或冰冷紧张，都是靠女人来调节和渲染的。

那么，什么样的礼物合适呢？如果双方不是太熟悉，不太了解主人的嗜好，送花、巧克力和酒都是不错的选择。没有一个女人不爱花的，特别是那些从小在祖辈和父辈家花园里成长起来的西方女人。

如果双方比较熟悉，了解主人的嗜好，那么就视自己的经济状况而定，送女主人一本眼下流行的畅销书或者一瓶香水、沐浴液、按摩油都不会错；这种东西女人永远都不会嫌多的，前提是你得了解她的阅读偏好或者钟情于哪种香氛。

给德国人送礼，有个大前提，就是不要送过于贵重的礼物。如果你就是一个学生或者靠薪水生活的普通人，量力而出就够了，关键在一个心意。

德国普通人大多很会挑选、制作和赠送礼物，这源于他们从小接受的贴近生活的务实教育。他们从幼儿园开始，就在老师帮助下做手工，常常利用废物废料，制作值不了几个钱、但非常有创意的小礼品。每逢母亲节、圣诞节、复活节，孩子们都会在老师悉心指导下，捣鼓些充满了稚气的、应景儿的小物件儿带回家来送给父母。

所以说，如果你有一双巧手，能够化腐朽为神奇，那么，花很少一点原料费，手工制作一件礼物，比如说织条围巾、手套，一定能博得主人家的喝彩。"礼轻情意重"这句中国老话，在德国人那里也是行得通的。

这种日常生活中的送礼，禁忌是你送的礼物抢了女主人的风头。在我自己身上就发生过这样一件事儿，N年前，我们刚搬进新居，邻居请我们一家和另外两家邻居喝下午茶和吃蛋糕。当时我们带去的礼物是杜伊斯堡市最古老最著名的咖啡店的招牌蛋糕，香甜可口，价值不菲。而别的两家邻居送的是植物和花草，那个时候大家的园子都空荡荡的，花花草草正适宜。

去了之后，我就意识到送的礼物不妥，因为女主人已经辛辛苦苦地准备了丰盛的蛋糕和茶点。我们带去的蛋糕往桌上一摆，实在有喧宾夺主的嫌疑。虽然那天我没有感受到主人家的丝毫不快，但我自己心里过意不去，一是觉得抢了女主人的风头，二是如此一来，糕点多得根本吃不完，可能造成浪费。故我觉得这个礼物送得不出彩，礼数是尽到了，德国人都是识货的主儿，但花同样多的钱，可以有更好的选择。

故，如果不是聚餐，不是去特别熟悉的朋友家吃饭，主人没有特别请你带拿手菜去品尝，那么，最好不要自作主张地带餐点去赴宴，而是带上给主人的贴心小礼物，一边大快朵颐，一边不吝赞美女主人的厨艺，觥筹交错间，宾主尽欢。

我们在德国当老板这么多年，收到员工送的礼物不计其数，主要是在我们的生日和圣诞节。德国公司里，有一条不成文的规矩，就是谁过生，谁就得请客，一般员工都是带生日蛋糕之类的来，也有勤快的女员工，事先在家里做好三明治带来，并且提前通知所有人，这天的午饭她包了，大家不用带了。

　　作为老板，出手不能小气，员工都是为你工作的，员工请吃蛋糕，老板就得请丰盛的热餐。要么请吃送上门的热气腾腾的比萨饼，要么请大家去餐馆撮一顿。

　　德国人的团队精神在给老板送礼时得到了充分的体现。当初我们只有两位员工的时候，那两位大男人就有商有量。他俩是有心人，看见我的办公室里挂的都是莫奈的睡莲，挂历也是印象派和后印象派的作品，就在我生日的那天，合送了我一本《莫奈在吉维尼》的书。就是这本十几年前的书，把我们带到了法国巴黎近郊吉维尼的莫奈花园。

　　我先生四十岁生日那天，我和往常一样，早早下班回家照顾女儿了。老公回来时捧了一个非常大的敞口的礼物盒，上面用金线银丝装饰得非常漂亮，里面琳琅满目地摆满了各种小礼品，让人眼花缭乱。他高兴地告诉我和女儿，今天下班前，员工们把他请到仓库，所有员工齐齐排成行，面前摆着为他精心准备的生日礼物，一起为他唱生日歌，差点儿把他眼泪都唱下来了。

　　这样的一份礼物，说轻也轻，就是每个员工从家里随意带一样东西来，都是在超市里就能买到的各种美味可口的食品，一块巧克力、一罐草莓酱、一瓶利口酒、一段熏肠等，值不了几个钱，但它们汇集在一起，就是满满的一筐情意。

　　员工的收入参差不齐，家庭状况也不尽相同，有的单身，有的拖儿带女，这样一种人人平等的送礼方式，既不会给任何一位员工带来经济上的压力，生日卡上有每个人的签名，谁也不会觉得自己低人一等；又表达了员工们对老板的尊敬与祝福，体现了员工之间的平等意识和团队精神，最重要的是避免了任何个人巴结老板的嫌疑，让每一个员工，无论职务的高低和收入的差异，都保持了做人的尊严。

每逢圣诞节，我们都要宴请员工，表示对他们一年辛勤工作的肯定与感谢，德国人不分男女，大多特别能喝，一般都是不醉不归，每年都有醉得不省人事的员工，以至于我们不敢再提供中国白酒了。在圣诞晚宴上，还有抽奖的传统节目，每个员工都有份，图个乐子。来而不往非礼也，员工们在骨干员工的召集下，每次都会联合送份礼物给我们，圣诞卡有每个人郑重的签名，礼物以花卉和植物为主。

我们中国有句老话，叫作礼多人不怪。这句话，用在德国，说对就对，说不对就不对。如果送礼给私交好的朋友，这句话就中，有多喜欢就送得多欢喜；如果送给你有求于人的当权者或者与你有直接利害关系的人，这句话就差矣，送不如不送，送得多可能错得多。

前面讲了，德国人喜欢联名送礼物给老板、同事和邻居，比如谁结婚、生孩子或者生日等等。一份共同出资的礼物表达的是一种情谊和送礼者作为一个团队的互助精神，不计较谁出的份子多一点，少一点，既保全了经济有困难的同事和朋友的颜面，也避免了不必要的攀比和打肿脸充胖子的逞强，体现了德国人的一种人文情怀。这种联合送礼我们也常常参与。

但有的礼就送不得，比如给政府官员，这不叫送礼，这在德国叫行贿，行贿受贿败坏社会风气不说，说得严重点，是会受到法律制裁的，是会丢饭碗，甚至坐牢的。我们在德国经营公司的这十六年里，没有请政府官员吃过一顿饭，送过一次礼。大家公事公办，井水河水，各不相犯。我们辛辛苦苦地工作，帮助政府解决就业，给政府交税，就尽到了一个企业的责任，可以问心无愧。

前面的故事都是抛砖引玉，最后，我想讲讲在德国幼儿园和学校送礼的情况，这是我最想与大家分享的感受。

女儿刚上幼儿园不久，圣诞节快到了，我向邻居请教，是否出于尊师重道的礼节，给老师送份象征性的小礼物，比如一束鲜花什么的。邻居瘪瘪嘴，说："不用，这样有拍老师马屁的嫌疑，不好的。"可是我细心观察，发现还是有家长不避讳地给老师送礼，但真的都是薄礼而已，往往就是一块在超市里就能买到的物美价廉的巧克力等等，不会让人有不好的联想。

新年之后，新入园孩子的家长们民主选举了家长委员会，这下所有的送礼问题都迎刃而解了，从那以后，每逢老师的生日和圣诞节，都由家长委员会以所有孩子的名义统一送一份礼物给老师，费用从班费里开支。

无论在幼儿园或者在小学，迄今为止，女儿缴纳的班费差不多是每学期五个欧元，德国人的人均月收入在四位数以上，每六个月缴纳五个欧元实在不多。尽管如此，老师在每学期的家长会上老生常谈，哪家有困难，可以私下提出来，予以免交班费，并且，老师会为此保密，以免伤害该家长和孩子的自尊。

班费由老师和家长委员会共同保管和支配。这样一来，家长们再也不用考虑给老师送礼的事情，一切由家长委员会统一安排。

德国人的观念是，人非圣贤，都可能有私心，老师也是普通人，如果家长们争先恐后地给老师送礼，甚至相互攀比，那么，就可能导致老师在学校里厚此薄彼，做不到公正、公平地对待每一位学生。这不仅不符合众生平等的人文精神，而且可能滋生校园里的腐败和不公，严重损害孩子们的身心健康，妨碍他们的茁壮成长。

　　孩子，是每个民族的希望与未来，国家和社会有责任和义务为我们的下一代提供一个健康而平等的生长环境。

　　强国先立人。还我们的孩子一个干干净净的校园，是每一位母亲的心愿。

朋友的葬礼

2013 年，我在德国先后参加了两位朋友的葬礼。他们都是父辈的朋友，在我们初来乍到德国的时候，给过我们及时雨式的帮助和热情友好的接待，后来成了我们的朋友，一直礼尚往来，保持着君子之交淡如水的联系。

这一男一女两位德国朋友走的时候，都是七十五岁的老人了，算得上寿终正寝；他们的丧葬，在中国古人眼里，应属白喜。但是对于他们的亲人和朋友，他们还是走得太早、太匆匆。

K 教授是冶金方面的专家，却相当有语言天赋，天南地北地去讲学和参加学术会议，每到一地，立马就会说几句当地的语言。20 世纪 80 年代初，他和夫人一起到过中国，会说几句中文，什么"你好，小姐，饺子"等等。他的小孙女不听话的时候，他就板着脸，佯装生气，用中文严肃地对她说："小姐，这样不好。"德国小孩怎么听得懂中文呢，这不过是老先生自娱自乐罢了。

每年的圣诞节，我们都会收到 K 教授亲笔书写的圣诞新年贺卡，邮票是老先生自己的大头像。德国邮局接受私人定制的邮票，只要预订的数目和金额符合要求就行。他那中国草书一般的德语天书，每次都让我们费尽心思去揣度；邮票上他那额外醒目的大头像，每次都引来女儿的好奇和好笑，因为照片上的他，正经中带着一点点滑稽，浅色衬衫、深色西服、黑色蝴蝶结，玳瑁色的眼镜，两撇八字胡傲慢地上翘，眼珠子滚圆，瞧着你，似笑非笑。

2013 年初，我们度假后回到家，打开信箱，里面躺着 K 夫人寄来的讣告。周一去公司上班，收到 K 教授去世前寄到公司的贺卡，字迹一如既往的龙飞凤舞，还在和孩子开玩笑，自称是奶酪爷爷，因为他的姓里面含有德文 Käse 即"奶酪"两个字。两封相差一周左右发出的信，如今代表着两个不同的世界，一封还残留着对新年的憧憬和圣诞的欢乐，一封却弥漫着死亡的悲哀。素雅的白色信笺上，引用了一段抒情的诗句，大意是：一切皆有时，生有时，爱有时，相聚有时；而离散与死亡，亦有时。唉，想一想，我们刚到德国的时候，还是二十岁刚出头的大学生，虽然一贫如洗，但对未来充满了渴望。教授在大学里授课，开着奔驰，住着花园洋房，满世界飞，这里讲学指导，那里开会度假，志得意满。他们不仅为我们提供免费住宿，介绍短期的稳定工作，还引荐我们参加德国的协会，请我们去他家里过圣诞节，在外出度假的时候，把事先预订的歌剧院联票送给我们。那是我第一次在德国欣赏芭蕾舞剧，到现在还记忆犹新，是斯特拉文斯基的《火鸟》，那一团旋风般的、如火的红色裙裾仿佛还在眼前飘浮。

教授退休后，应夫人的请求，离开生活和工作了三十几年的城市杜伊斯堡，回到了夫人娘家所在的城市，山清水秀的科布伦茨。其时，夫人的父母都已经过世，但妹妹还住在这里，两姊妹有来有往、姐妹情深。教授七十生日大寿的时候，我们应邀去那里的一个古堡参加了盛大的生日聚会。第二天去他家里早餐，老先生还是那么幽默风趣，夫人叫他老小孩。临别时，夫人送给我们一瓶她自制的果酱，教授送我们一副镜框，里面镶嵌着昨天他给女儿拍的黑白照。这幅照片拍得很生动，或者说很特别，在到处都是彩照的情况下。所以直到今天还摆放在我家的客厅里。

讣告上写着，教授本人的遗愿是，请各位前来吊唁的朋友不要送鲜花给地下的他，而是请把购买鲜花的金额，直接转账给德国的文物保护机构，上面注明他的名字，作为他最后一次的捐款。这家机构名叫 Deutscher Denkmalschutz（德意志纪念建筑保护协会），他们定期发行杂志，还出版书籍、画册、纪念明信片等等。那次转账之后，我们定期收到该协会的杂志，了解到德国保护文物和古建筑的一些情况。写得这里，我不禁想起来，女儿出生那年，教授一家送的礼物之一，就是该协会出版的一套普鲁士皇后露易丝的纪念卡片，一共十张，信封含有丝线，一并盛在蓝色的礼品盒里，异常精致美观。卡片上印着露易丝皇后的肖像、雕塑和与之相关的建筑物，导读上写着：露易丝，普鲁士的皇后，在她之前，在她之后，都不曾有谁比她更受爱戴。我女儿的德文名字是父亲取的，就叫露易丝，她当然不是什么皇后，但是父母的千金公主和掌上明珠，这样一份匠心独具的礼物，真是太合做父母的心意了，也太对文艺型母亲的口味了。

斯人远去，而字还在，纸还在，默默情谊还在。

我一个人驱车两百公里，赶在中午时分去参加 Ute 的葬礼。Herbert 没有料到我会一个人大老远风尘仆仆赶来，非常感动。还没有看见 Ute 的棺木，我的眼睛就湿润了，唉，老说去看望他们，老没有抽出时间去，如今人去楼空，只能来送逝者最后一程，聊表心意，同时看望未亡人，对生者是个安慰。Ute 是多么和蔼可亲的一位老太太啊，以前 Herbert 专门开车来马尔堡接我们去家里过圣诞夜，她专门为我们做中国饭菜，第二天还烘烤蛋糕，煮香喷喷的咖啡，烧红茶绿茶，任由我们挑选。饭菜上桌的时候，我们沉浸在老照片，那上面有 20 世纪 80 年代的北京、武汉、香港、台湾，她不大声叫我们，而是笑嘻嘻地摇铃铛；饭后有邻居来拜访他们，四位老人一起唱德国民谣，Ute 钢琴伴奏，大家怡然自得，往事还历历在目。

Herbert是采矿博士，在一家国际化公司里位高权重，一直离家工作，周末和度假才能与家人在一起。Ute育有三女一子，虽然念过大学，但有了孩子后，就在家相夫教子，是一位典型的贤妻良母。不幸的是，二女儿在几年前患癌症去世，做母亲的心该是多么的疼痛。在女儿最后的日子里，Ute抛下老伴，常住柏林，陪伴着女儿走完了短暂的人生。在葬礼上，我第一次看见了这位二女儿的同性伴侣，她专程从柏林赶来，与其他家人坐在一起，眼睛红红的，满脸写着悲戚。Ute的棺木前摆放着一个巨大的心形的玫瑰花环，是她的中学同学们合送的。葬礼后Herbert对我说，明明告诉大家不要送花，可这些老太太就是改不了旧观念，照送不误，拿她们没辙。的确，Herbert用邮件发送的讣告上写着，请大家把买花的钱以Ute的名义捐献给南非的一家医院，以帮助那些不幸罹患艾滋病的儿童。

　　Ute的葬礼在他们小镇墓地旁的小教堂里举行，主持葬礼的是一位年轻的女牧师，整个仪式庄严、静穆、单纯，没有震天的哭声，只有纾解悲伤的乐曲，和两个女儿致辞时的哽咽。牧师的娓娓道来，女儿对母亲的怀念与不舍，哀而不伤，让人感动，为逝去的生命，为不会逝去的回忆、和不会遗忘的爱。

　　小镇上的风俗是，每一家都会派一个代表去参加。那天的来宾，多数是上了年纪的老头儿、老太太，就我一个外国人，Herbert恐怕是为了不让我觉得孤单，或是为了表达他们对我到来的谢意，在Ute棺木入土的时候，让我与他们家属站在一起。我婉谢了，觉得当不起这个礼遇。我和别的宾客一起，排着队，手里拿着教堂椅子上事先摆放好的菊花，踱到Ute的墓穴前，把花投到她的棺木上，向她做最后的告别，静静的，没有言语，让花代我去诉说，诉说对她的尊敬和怀念。

Ute 生前的家就很美，在一大片的绿草绿树间，站在露台上就能看见不远处古堡的废墟。当月上中天，蓝色的夜幕下星星在闪烁，谁家的屋里传来提琴声，葡萄美酒夜光杯，宾客把盏言欢，不知今宵是何年。

而今，Ute 的墓地在一座山丘上，那是小镇最好的风水宝地，俯瞰着山下来来往往的车辆和行人。Ute 仍旧与昔日的邻居比邻而居，以大地为床，以蓝天白云为被，枕着绵绵青草，慈祥可亲的 Ute，为丈夫为儿女操劳操心了一辈子的 Ute，一定能在这里睡个好觉。

女子健身房的故事

真想不到，在我生活的这座名不见经传的小城，竟有着德国历史最悠久的女子健身房。

德国的女子健身运动兴起于20世纪的80年代，深受美国女性健身先驱简方达的影响，连健身服都亦步亦趋，那些珍贵的老照片以今天的眼光看来，不仅服装颇为搞笑，动作也显得刻板，与今天健身房的随意与自然，不可同日而语。

这所在我们小城家喻户晓的女子健身房，是由伊妮丝女士于1983年创办的，在2013年的一月份欢度了它的三十周岁生日。

这是德国土地上的第二所女子健身房，第一所成立于基尔，创办人是伊妮丝的朋友，可惜这座健身房因经营不善，几年前就关闭了。于是德国最悠久的女子健身房的桂冠，当之无愧地花落伊妮丝健身房了。

三十年的时间里，德国女子健身运动的思潮发生了很大的变化，80年代初期流行的女子狂练肌肉，以及运动量超大的健美操，已经不复存在。现在的主旋律是健康和身材。于是一些促进身体各部位健康的课程应运而生，比如促进背部脊椎健康和心血管循环系统健康，其中一些课程由医疗保险公司承担费用，目的在于提高会员们的身体素质，预防可能罹患的疾病，防患于未然，从而减少保险公司的医疗投入。

伊妮丝在接受小城媒体采访时，坦承了自己成功的诀窍，主要是把服务对象定位在女性身上。相对于男性，女性更重视健康和身材。那些对自己身材不尽满意、爱美想减肥的女性，多半不愿意去男女混合的健身房，觉得有男士在身边，不自在或者不自信；有些上了年纪的女性，着重点放在身体保健上，对与陌生异性同在一个屋檐下面面相觑不甚了了；而那些称得上美女的女性，为了追求身材更加窈窕，或者想保持身段，也定期来到健身房。美女有美女的顾忌，不愿意被异性窥视、虎视眈眈、搭讪或者骚扰，是她们对混合健身房望而却步的一个原因。这几种类型的女人，没有通过健身房接触和结交异性的愿望，只想清清静静地健身，和一帮姐们儿混在一起，大大咧咧也好，嘻嘻哈哈也罢，反正是图个放松，而不是放电，她们成为女子健身房的主要客源。

但为什么基尔的女子健身房没能存活下来呢。伊妮丝自有她的过人之处。不断地与时俱进，吸收市面上最新的健身和保健知识，不间断地参加进修和培训，添置和更新最科学和先进的健身设备，与会员们的零距离接触，是其健身房屹立三十年不倒的主要因素。她的健身房，目前拥有约六百名会员，从最初的一层楼扩展到现在的三层楼共六百五十平米，连庭院里的白玉兰都已根深叶茂，成为春天的一道美景。

以前进健身房的多是年轻女性，追求令人艳羡的三围。随着社会的不断进步，德国人的思想也在发生变化，健身房会员的年龄跨度也越来越大，伊妮丝的会员中，有的已经是奶奶级别了，年纪最大的一位八十二岁。听伊妮丝讲，有的会员从六十岁才开始健身，不再是为了追求曲线美，而是为了有个好身体、一个让自己感到舒适的体重，然后才是尽可能匀称的身材。一位七十八岁的老姐姐来健身房的目的，仅仅是为了训练一定程度的腿部肌肉力量，以便在有生之年，能够继续没有障碍地爬楼梯。

伊妮丝接纳会员的最小年纪限定在十四五岁。这些女孩子的身材差异非常大。有的很胖，可以说是超胖，动作不协调，体能差，蹬十分钟的自行车就累得趴下。有的则超瘦，胖的想瘦好理解，瘦的还想更瘦就让人担心了。伊妮丝年轻时，在教练的鼓吹下，有过一段错误的过度禁食的经历，之后，她不得不因此中断了芭蕾舞生涯，转而踏进了健身房的行业。所以，她特别关注那些过度追求骨感的女孩子，引导她们进行正确的健身训练。

我与伊妮丝健身房结缘纯属偶然。我看中的是其离家近，开车停车都方便，可以节省大把的时间，当然，我去参观的时候，教练、设施、课程、卫生、采光、通风、桑拿房等都让我感到满意。

我是大约四十岁后才开始想到健身的，一是因为生过一场病，深深体会到健康的重要，特别是作为母亲和主妇，有责任照顾好孩子和家庭，只有自己身体好了，才能游刃有余地履行职责；二是女性步入中年，容易发福。三十岁以前的身材和相貌是老天爷给的，之后靠你自身的修炼。什么样的生活态度和生活方式，决定你拥有什么样的容颜和仪态；三是二十几岁忙创业和挣钱，三十几岁忙生孩子养孩子，四十几岁该歇一歇了，花点时间在自己身上，重拾少女时代的运动嗜好，让生命之树常青。

伊妮丝给我量身定制了运动计划，骑自行车还是跑步，多长时间，做哪些器械锻炼，上哪些健身课程，都有书面的详细说明，定期修改和补充，定时测量运动效果，分析测量结果，三年下来，我已然对健身房的课程和训练了然于胸。

伊妮丝是职业的物理治疗师，创办健身房那一年二十三岁，之后生养了三个女儿，她是一位称职的母亲，三千金个个成绩优异，一直是学校的优秀生和运动健将，两个大的已经离家在外念大学和工作了。如今五十三岁的伊妮丝依旧苗条健美，留着一头长长的金发，成天忙碌在健身房。我一直奇怪她当老板这么久了，还亲力亲为上其中的一些健身课程，她的解释是，有的跟随了她二三十年的老会员只愿意上她的课。而我自己慢慢上了不同教练的课程之后，有了认识和比较，也不得不叹服，伊妮丝真有她的一套，她上课的内容既恒定又多变，教学方式既权威又舒心，真的把她的雇员们比了下去，尽管比她年轻的教练们也都是接受过职业培训的。姜还是老的辣，伊妮丝过硬的业务水准和个人魅力，是她能够留住客人的一个法宝。

她总是在第一线，和会员们打成一片，随时了解会员的需求和不满，及时地改进和疏导，所以那些老姐姐们几十年如一日地围在她身边，其中有九名会员跟了她足足三十年了。

尽管有清洁工，伊妮丝看见哪里有一丝丝脏了乱了，也会马上手脚麻利地收拾妥当；哪个器械发出了吱吱声，她二话不说就自己动手上油润滑；不同的时令健身房摆有不同的装饰物，复活节的时候，到处都是活泼可爱的小兔子，出其不意地探头与你打招呼；圣诞节来临，房檐上木凳上倒吊着斜躺着乐呵呵的圣诞老人，望着你陪着你做运动。我每次看见这些，都心情舒畅，喜欢这样的小情调小景致，并不吝美言夸奖她的独具匠心和独特品味，她总欣然受之，并与我理论一番。

在伊妮丝身上，我看见德国人勤劳淳朴、热爱生活、不断进取的一面，同时，也体会到，无论在哪里，没有人能够随随便便成功。

日复一日，我与那些隔三岔五一起上课的会员们熟络起来，每节课都是那么的放松和有趣，既锻炼了身体，又娱乐了心灵，让我乐此不疲。就像每个班级都有那么一两个搞笑的同学一样，健身房也有一两个老姐姐喜欢装怪，当运动量大，或者动作难度较高的时候，便发出夸张搞笑的怪叫声，让人忍俊不禁。

美丽是女人一生的事业。靓丽的容貌来自健康的身体。

有人爱的时候，女为悦己者容，于是去健身房锻炼身体，追求穿衣显瘦，脱衣有肉的佳境；没人爱的时候，更要爱护和珍惜自己，留得青山在，不愁没人爱，好的身体是一切幸福的根源。

说到底，健身，不是与人比环肥燕瘦，而是为了自己的健康，自己跟自己较劲儿，做一个更健康更美好的自己，就像海明威所说的那样：优于别人，并不高贵，真正的高贵，应该是优于过去的自己。

注重亲情的德国人

1992 年夏，我来到德国留学。如今，二十个年头过去了，对德国和德国人，有了更多的认识和了解。信手拈来，讲讲我接触、遇到和认识的德国人吧，最大的感触就是：德国人完全不像传说中的那样冰冷、沉闷和缺少人情味。

刚来德国的时候，我借住在 Prof.Dr.T 教授家里，他是马堡大学非常有名望的生物学教授，马普研究院的院长，温文尔雅、风趣幽默。当时他的两个女儿都已经离家了，大女儿和男朋友生活在巴黎，二女儿在哥廷根念法律，只有十五岁的儿子 Christian 还住在家里，念高级文理中学。教授夫人大学时主修德国语言文学，有了孩子后，主要任务是相夫教子。他们一家人其乐融融，日子过得殷实、和谐、快乐。平时中饭时只有夫人和儿子在家，我借宿在那里的时候，我们三个人每天午饭后都要玩扑克牌，赢了的就吃巧克力当奖励。晚餐和教授一起吃，夫人和教授坐在长餐桌的一头一尾，儿子坐中间。父子俩常常互相取乐，故意逗嘴皮子，像朋友那样有说有笑。儿子当时还热衷于德甲比赛，有自己心仪的球队，好像是拜仁慕尼黑队。老子为了和儿子闹着玩，就把自己扮成法兰克福队的粉丝，因为法兰克福是他的家乡。他们常常为德甲比赛的事情打赌，老子故意气儿子，儿子善意地挖苦老子，餐桌上洋溢着欢快的气氛。我猜想当时 T 教授不一定像小青年那样真正地热衷德甲（因为后来连 Christian 自己随着年纪的增长都突然对德甲不感兴趣了），但为了和儿子有个共同话题，更好地与儿子互动和沟通，这个权倾马堡大学、马普研究院的大教授，就不着痕迹地扮演了一把德甲的粉丝。

教授夫人更是一位充满爱心的母亲，当时在哥廷根的二女儿Jenny年满二十岁，教授夫人替女儿出路费，让她回家来过生日，还专门从科隆请来Jenny的教母，也是她自己的闺蜜一起庆贺。当天，教授夫人亲自下厨烘烤生日蛋糕和采买准备了丰盛的餐饮，给女儿的生日礼物也是满怀爱心精心挑选的，品位十足。按照Jenny的心愿，他们一家人和朋友还专程驾车去法兰克福游玩。夫人聊天时还告诉我，她常常飞去巴黎看望大女儿，有段时间大女儿在澳大利亚做交换学生，夫人千里迢迢飞到那里探望，舐犊情深。若干年后，大女儿有了孩子，有时候因为工作的缘故忙不过来时，就招呼老妈去巴黎待命。

我先生刚来德国时和我一样也暂住在杜伊斯堡大学一位很有名望的Pro.Dr. K教授家里。这两位马堡和杜伊斯堡的名教授都是我们各自父母认识的朋友，那时学生宿舍紧俏，我们初来乍到，两位好心的教授家庭为我们解决了临时的住宿，不仅让我们渡过了最初没有合适住房的窘迫时光，还让我们充分体验了德国高级知识分子家庭的生活状况。

杜伊斯堡这位教授也非常有意思，极有语言天赋，还会几句中文，"你好、饺子、小姐"叫得满顺口。他和夫人很喜欢喝酒，每次晚餐后带着他们的爱犬去莱茵河畔散步，回家的路上都会去附近的酒馆小酌两杯。他们两人都是二婚，夫人的前夫死于下班路上的车祸，她一直拿国家给的救济和抚恤，和前夫留下来的两个孩子生活得衣食无忧。她和教授搬到一起住的时候，她的两个孩子年纪还小，有时，为了孩子的问题，偶尔也闹不愉快，夫人就罢工不给教授做饭，护孩子就像母鸡护小鸡一样不遗余力。后来儿女都大了，各自结婚离家了。儿子有了孩子后，因为西班牙妻子红杏出墙而分居，教授夫人临危受命，把儿子和孙子孙女都接到家里来暂住，并担当起照顾两个孙子的重任，帮助儿子渡过了最困难的那段日子。如今，两个小孩子都长成了少男少女，和奶奶有着亲密的祖孙情，儿子也有了新女友，对母亲的雪中送炭感激不已，母子俩那份默契、亲密、体贴的情意让人看了都感觉温馨。

大多数德国人非常注重家庭和亲情，而且，受教育程度越高、生活越优越的家庭，亲子关系越是密切和谐。孩子幼小时，很多母亲选择留在家里，无微不至地照顾后代。孩子入学后，父母更是重视子女的教育和成长。我的女儿璐璐刚满九岁，上小学三年级，班上定期举行全体家长一起参加的家长例会和与老师一对一单独交流的家长会，常有孩子的父母双双出席。有的孩子父母虽然离异，但父母双方仍会以孩子为重，每逢孩子的生日会或者重要家庭节日，双方都会到场，有时还带着被孩子接受和认可的新伴侣一起来。璐璐的同学中有好几位父母分居，但孩子们大多过着相对正常、平和温馨、有父母双方共同疼爱和陪伴的生活。

这各式各样让人称道的亲子关系得益于德国人普遍受教育程度较高，国民的道德修养在这个文明开放的国度得到了最大程度的熏陶和提升。通过务实正统的学校教育、普及开化的书本知识和相得益彰的媒体宣传，德国人的整体素质相当高，即便普通阶层的为人父母者分道扬镳，大都能做到在孩子面前不口出恶言伤害对方，同时男女双方通过沟通和协商，都能够做到共同抚养和关心照顾孩子。当然，德国充分保护儿童的、健全的法律制度，条条款款都严丝合缝、充满了人性，并且可执行度高，这也给孩子们的健康成长提供了法律保障。

一般在孩子的成长过程中，家长都给予孩子充分的尊重和私人空间，在选择学业和职业上如此，在选择生活伴侣和生活方式时也如此，德国人自小接受的人文主义思想体现在日后与子女的关系上就是：把孩子当作一个独立的，有自己尊严、思想和自由的个人，而不是谁谁谁的儿或者女。在子女们需要帮助的时候，父母们全力以赴地从经济上和实际生活中给予支持。我们的一位德国朋友，他本人是博士后，有两个哥哥，大哥是牧师，二哥是老师，他们寡居的母亲先替二儿子付了房子的首付，现在又替他付了新房的首付，而对单身的大儿子也是接济不断。这位母亲多年来一个人居住，儿子们都不在身边，她的付出不求回报。这位母亲以前的职业是小学教师，即便她对儿媳妇们颇有微词，但当儿子需要帮助的时候，她会去帮助照顾孙子辈，她对儿子们的体谅和支持多过苛求、责备和牢骚。

　　在德国没有婆媳打得不可开交的土壤，因为婆和媳都有各自的地盘：她们有各自为王的住房、有完全不同的生活空间和各自的朋友圈子。母亲们大多会在儿子需要帮助的时候伸出援手，就像我们的一个邻居，她力所能及地帮助小儿子照顾孩子，给孙子布置了漂亮的婴儿房。她的媳妇安娜是俄罗斯后裔，从小在德国长大。邻居对媳妇嫉妒孙子亲近她采取了包容和理解的态度，以过来人的身份体谅做媳妇的年轻不懂事，让一家人"求大同、存小异"，过得和和美美。德国家长尊重孩子对伴侣的选择，不计较对方国籍、肤色、年纪，是否结过婚，有没有孩子。

　　在这样一个有着完善的社会和医疗保障的国度，生养孩子更多是出于一种让爱情留下凭证、拥有完美家庭、享受天伦之乐的单纯愿望，为人父母者没有"养儿防老"和"传宗接代"的观念，也没有"不孝有三，无后为大"的精神包袱和社会压力，他们不把与已成年子女同住在一个屋檐下作为幸福的标准，这样的亲子关系倾于理智、健康和平等，故而男女老少都生活得自在、舒心和有尊严。

"始于爱，而终于爱"的人生理念，带来德国人高品质的生活状态。

婚恋面面观

在德国生活了二十年，以前分不清德国人和欧洲人的差别，现在无论是在欧洲，还是在亚洲，只要遇见德国人，放眼看过去，不听声音，就能猜个八九不离十，看对方是富是贵，还是贫贱不移，也十拿九稳。岁月，带走了我们飞扬的青春，却回馈我们些许的生活阅历和人生感悟。

就随意谈谈我所了解和体会的德国人的婚恋观和状况吧。

恋爱早

在德国，好像没有早恋这个词。中学生谈恋爱是很正常的事情，老师不管，学校不警告，家长也见怪不怪。家长们更关心的是，孩子结交的朋友是否靠谱，男女生的家长都在意的是：自己的孩子是否有避孕知识，是否采取了适当的避孕措施；担心孩子怀孕是一回事儿，大人们更担心的是疾病的传播。在不影响孩子健康和学业的情况下，早恋在德国不是问题。

结婚晚

德国人没有婚姻的压力，他们不会为了父母之命和传宗接代结婚，也不会为了避税等经济原因结婚。我们公司的单身员工拿着一级税卡，比那些结了婚拿三级税卡的员工所上的工资税要高很多。有个老员工跟了我们十几年，每年圣诞聚会都带同一个女友，女友看上去挺不错，他们同居快二十年了。有次，我问他，什么时候结束爱情长跑，这样可以省很多税呀。他说，不能为了省钱而失去自由，像现在这样就好，开心就在一起，不能忍受了就分手。促使德国人结婚的一个重要原因是奉子成婚，一旦女方有孕，一般为了更好地照顾孩子，给孩子一个法律保障，德国人会选择婚姻。但也有例外，邻居小儿子的女友已经怀第二胎，但他们还没有结婚的打算。在德国，三十岁以上的高龄头婚、高龄产妇比比皆是；而且和所有国家一样，越是高学历、越是晚婚，甚至不婚和自愿选择不育。

离婚快

德国人理性，不轻易结婚，即便进入婚姻生活，他们对婚姻的要求丝毫不降低，一旦感觉对方不如己意，他们很少选择凑合和将就，而是果断地分手，无论有没有共同的孩子和房子。在德国没有"宁拆一座庙、不拆一门婚"的陈腐想法，而宗教对婚姻从一而终的古老束缚也早已成为过去式。婚姻专家的建议是：不合适就分开，并且是越早分手越早解脱，有益双方的健康，给双方一条活路。我们小区就曾经发生过三起新建不久的花园别墅被法院拍卖的故事，就是因为房主双方感情出现裂痕而协议分手。德国人做事一丝不苟，对房子的设计、建筑和装修都特别上心，不仅舍得花银子，而且常常亲力亲为，一栋花园别墅不知包含了房主多少的心血和经济投入。不到万不得已，德国人不会舍得拍卖房子。拍卖房子所带来的经济损失不可忽略，贱卖掉精心选择和装修好的房子绝非他们所愿。但他们更不能接受的是伴侣间的同床异梦与貌合神离，故这样的故事屡见不鲜。德国人不受制于金钱而追求真情实感的作风源于他们所接受的人文教育：精神重于物质，快乐比金钱更重要。

男不以貌选女，女不以财挑男

总的来说，德国人务实、理性，加上他们衣食无忧，有各种各样健全的社会福利和必需的医疗保险，故年轻人选择伴侣更看重的是双方兴趣爱好相投，年龄、学识、品貌相当。男人都喜欢漂亮女人，德国男人也不例外，但他们普遍没有那种肤浅的虚荣心和潜意识的自卑感，不需要用女人的年轻和漂亮面孔来为他们撑场面。有性格和内涵的女子在德国不愁嫁，哪怕她的身材偏肥胖，或者满脸的雀斑，也无所谓二婚三婚和有几个孩子。很多在国人眼里并非美若天仙的"外嫁女"到了德国都成了抢手货，因为她们的素质、涵养、情趣和温柔善良这些最本质的东西，在德国男子那里引起了共鸣，找伴侣是找知音，而不是找花瓶。"高富帅"每个女人都喜欢，拜金女在德国也不是没有，但因为德国女子受教育程度普遍很高（曾经一篇文章讲，获得高文凭的德国女子数目甚至高于同龄男子），她们中意的男人多是身边的同龄男子，以同学、同事或者俱乐部的朋友圈子为主。德国年轻男子鲜有房子、存款，但如果他本人阳光开朗、风趣幽默、知书达理或者强健进取，"白富美"一样会爱上他。

做不成伴侣，就做尽责的家长

　　德国是一个非常注重保护未成年人的法治国家，也是一个鼓励生育和优惠年轻家庭建新房的福利国家。家庭的和睦与孩子健康的成长是德国普通老百姓首屈一指的大事情。孩子从出生那一天起，不仅仅是大家庭的小明星，而且，也受到社会各方面的关注和照顾，比如说，每个孩子都会获得一份政府支付的儿童补贴，无论父母双方收入多少；新生儿有助产士上门检查体重；新手妈妈有哺乳专家指导科学哺乳等等。在这种人环境之下，因为父母离异或者分居而给孩子造成的负面影响被降到了最低的限度。女儿幼儿园到小学班上都有不少单亲家庭的孩子，他们的父母虽然分道扬镳了，但都担负起了抚养、教育子女的重任。他们根据各自的情况，尽量做到让孩子过上有父有母的生活。我们家的邻居有三个孩子，最小的女儿八岁，和我的女儿璐璐是同学。他们两口子都是教师，分手的原因是女方觉得男方不照顾孩子，并且和她思想交流越来越少，于是不顾男方阻碍，带着三个孩子从家里搬了出去。他们达成协议，三个孩子轮流住在父母家，每周一换。开家长会或者别的活动，父母双方齐齐到场，让孩子们觉得大人们是因为他们自己性格不合而分开，但父母对自己的爱和关心一点儿也不会因此而减少。而另外两个和璐璐同班的孩子的经历更特别：他们各自的父母分手了，究其原因就是男孩的父亲和女孩的母亲相爱了（据璐璐说，他们两家人在两个孩子还是婴儿的时候就认识了，这不奇怪，那位母亲的职业是助产士，我怀璐璐的时候就是她指导的临产练习，当时她自己也是大肚婆呢），于是两个没有血缘关系的孩子现在和各自的"父"与"母"住在同一个屋檐下。四个大人常在孩子们的生日、家长会或别的活动场所相见，他们像普通人一样有说有笑。孩子们平时住在一起，到了周末就去见另一位"父"与"母"，还轮流和父母双方一起度假。在德国，《白雪公主》里那样的后妈不见了踪影，孩子们只称呼亲生父母"爸爸妈妈"，而对父母感情破裂后结交的伴侣通常直呼其名。这在德国谈不上对长辈的不尊重，就像招呼熟人、邻居、朋友那样自然、亲切和没有心理负担。如今，德国离异家庭的孩子所受的负面影响越来越小，我觉得，这主要归功于德国社会的进步与开化、德国人所接受的以人为本的教育理念和德国保护儿童的健全法规。

德国社会学家如何看待独生子女现象？

每四个德国孩子中就有一个是独生子女。但在一部分德国人的心目中，传统的家庭模式仍旧根深蒂固，他们认为，光夫妻两人谈不上是一个完整的家庭，甚至独生子女家庭也只能称为"一对夫妻带一个孩子"而已，真正完美的家庭是夫妻二人再加两个孩子，最好还是一儿一女，就像黄金时段的电视上播出的广告那样，儿女双全的一家人，其乐融融地坐在花园吃早餐，这才是大多数德国人心目中的理想家庭。

现实生活中也确实如此，独生子女的家庭，特别是独生子女的妈咪会被不同的人，亲戚、邻居、朋友甚至是陌生人，无数次地问到同一个问题："什么时候生老二呀？"或者："为什么不要老二呀？瞧瞧你的孩子多可爱呀，又健康又聪明，再来一个吧，趁孩子还小（或者趁你还足够年轻）。"

德国家庭社会学家 Corinna Nonnen 女士认为："这种保守的价值观存在于人们的头脑里，不是一代两代人就可以消除的。"尤其是在原西德地区，人们的家庭观念更为保守，人们的共识是，养一个孩子不划算，要生就生两个。为什么呢？精打细算的德国人认为，养孩子花钱，不同年龄所需要的装备价值不菲，从刚出生时的婴儿车、婴儿床，到以后的儿童安全座椅、名牌自行车，当然是两个孩子轮流用比一个孩子单独用要划算啊。另外，一些德国人头脑里还有些怀旧的浪漫想法，这也是他们认为独生子女不够完美的原因，他们的脑海里还时隐时现着这样的画面，在绿草如茵的阿尔卑斯山上，在水波不兴的月亮湖边，一大家子人生活在一起，孩子们奔跑嬉戏，互相"教育"，但在 Nonnen 女士眼里，这只是一种幻象，与现实格格不入，三代同堂的大家庭在德国几乎绝迹，而孩子与孩子之间互相进行教育更是天方夜谭。

从 20 世纪 90 年代开始，德国联邦统计局提供的有关独生子女的数字几乎没有改变过，在原东德地区有 35% 的孩子是独生子女，而原西德地区的独生子女比例为 23%。德国人自愿选择只生一个孩子的原因无外乎下面几条：做父母的不愿意将时间、金钱和注意力分散在几个孩子身上，这样也可以有更多的时间和精力工作和休闲；有的觉得怀孕和生产太累人；有的生第一个时就已经很大年龄了；还有的因为关系破裂，分道扬镳。在德国，一个家庭生育多少孩子，一般都是由女性决定的，而女性受教育程度的高低决定了她们要孩子的多少。

与倾向于要生就生两个的传统想法相悖，德国当代不少社会学家、心理学家和教育学家普遍认为，一个孩子的家庭丝毫不逊色于两个孩子的家庭，甚至独生子女在许多方面要比多子女家庭的孩子更有优势。

而德国社会则对独生子女持有偏见，认为他们被娇惯了，以自我为中心，缺乏社交能力。这些论调以讹传讹，在大众中广为流传，被专门研究社会和家庭问题的专家们斥为"厨房心理学"，没有任何科学根据。

近年来，美、德等国的科学研究显示，与上述莫须有的指责相反，独生子女在很多方面往往具有优势，他们从小得到足够多的关注，不仅更自信，而且他们中的大多数，在学校里成绩也更为优异。这些孩子从小在家里拥有话语权，喜欢讨论和发言，进入职场后，也常常担任领导职位。科学家们还证实，从小得到更多关注的独生子女，往往说话更早，语言表达能力更强，这对于他们今后的学习和工作无疑都会起到促进作用。

另外一个经常会听见的认为两个孩子更好的理论是，一个孩子孤单，两个孩子可以互相作伴。事实上是怎样的呢？德国目前的趋势是，孩子们脱离家庭，在外面接受照顾和教育的时间开始得更早，持续也更长，比如入托的时间提早，上学的时间延长等等。这对于独生子女来讲是件好事情，因为孩子和我们成年人一样，除了与父母的朝夕相处，也需要与同龄人在一起交流，但不一定非得是兄弟姐妹。独生子女从小就学习如何与别的孩子打交道，因为朋友不是生活在同一个屋檐下的兄弟姐妹，他们随时可以选择是否继续与你一起玩耍和游戏，你必须从小学习重视友谊，并且维护它，否则就会失去朋友。这不同于兄弟姐妹之间的相处，你扯了弟弟的头发，但是他还得同你玩，因为他没得选择。

唯一的一条对独生子女不利的研究结果是：独生子女超重的可能性比有兄弟姐妹的孩子高50%，这是因为他们独处的时间长一些，而家里有兄弟姐妹的孩子，他们之间的互动和打闹要多一些。

有意思的是，为什么明明有这么多具有时效性的认为独生子女更优秀的研究成果摆在眼前，德国社会和大众还是用老眼光老教条来看待独生子女和他们的家庭呢，德国专家和学者一针见血地指出，这是德国政府和社会有意而为之，因为德国的生育率极低，欧盟统计局11月20日公布的数据显示，2012年，德国人口出生率仅为0.8%，不仅在欧盟二十八个成员国中垫底，而且死亡人口的数量大于新生婴儿的总和。德国政府想方设法鼓励生育，每年投入约两千亿欧元用于家庭补助，却收效甚微，没有能够激发起德国人的生育意愿。

显然，这样的研究成果与政府鼓励生育的政策背道而驰，对于德国的低生育状况无异于雪上加霜。试想，如果大家再从理论上得到证实，独生子女往往更幸福和更成功，那么，那些本来就无意生育二胎的人，和那些对生几个孩子没有自己的定论，而摇摆不定的人，就更不愿意生育二胎，更遑论多生了。

如何防范儿童遭性侵

牛顿说："我可以计算天体运行的轨道，却无法计算人性的疯狂。"

性侵儿童，是人性疯狂中最疯狂的一页，是社会黑暗中最黑暗的角落。这类骇人听闻的事件发生在世界的每一个旮旯儿，无关乎所在社会的种族、贫富和意识形态。曾经遭受性侵的儿童，往往留下终身难以愈合的身心创伤，给其一生带来挥之不去的负面影响。

德国法律对性侵儿童的定义，不单是指成人与儿童身体私密部位的接触，非身体接触的以下行为同样属于性侵，比如向孩子裸露性器官，展示或者与其一起观看色情书、色情片，拍摄和传播儿童色情片等。

德国法律规定，成年人或者十四岁以上的青少年，对未满十四岁的儿童有上述行为，无论儿童是否自愿，均属于性侵，得受到法律的制裁。十四岁以下的孩子不管当时是被迫或者自愿，都不承担任何法律责任。德国法律认为，十四岁以下的儿童，其情感和心智的发育还未成熟，达不到对任何性行为负责的程度，故只能是受害者。

德国防范性侵儿童可以分以下三方面：联邦警局和民间组织发起的大规模宣传活动，幼儿园与学校的启蒙教育和家长对幼童的教育。

2013 年 3 月，德国联邦警局携手州级警方和民间受害人协会，一同发起"预防儿童遭性侵，控告就是保护受害人"的大型宣传活动，意在通过大张旗鼓的宣传，进一步引起社会各方对儿童遭性侵的关注，让父母、监护人和每一位成年人，包括老师、教练、邻居和朋友，都具备一定的预防儿童遭性侵的常识，共同来保护未成年人，同时，鼓励受害人提出上诉，用法律手段将罪犯绳之以法。

知识就是力量，只有懂得，才能预防。在21世纪的今天，性侵儿童不该再是一个禁忌话题，而应成为全社会关注的焦点。启蒙才能避免愚昧，不管是大人还是孩子，懂得越多，越能更好地防患于未然。联邦警局的这个活动主要是针对成年人的，并且强调，只有成年人才能帮助孩子避免可能遭到的性侵和终结已经发生的不幸。

成年人应该知道的有关常识如下：性侵儿童，人们往往联想到来自陌生人的暴力强奸。其实，70%的案件发生在孩子的日常生活中，家庭（比如亲友）、邻里、学校、课外活动等等。罪犯男多女少，他们往往利用孩子对他们的喜爱、依赖和信任来施罪。这些人渣不分社会阶层、教育水平和年龄，鲜有所谓的心理疾病，有的只是以孩子为对象的不正常的色情幻想，这类罪犯追逐的是变态的生理和权力欲望的满足。这个宣传活动详细讲解与性侵儿童有关的每个关键词的确切含义，提供了各方面的重要信息：如何防范和察觉前兆、如何发觉孩子遭到性侵、如何帮助遭到性侵的孩子、如何对其进行心理辅导、如何报案，以及如何进行起诉程序。

未雨绸缪，让孩子避免受到可能发生的伤害，是每一位家长的愿望。

德国幼儿园和小学的做法值得借鉴。在幼儿园里，从孩子五岁开始，老师通过讲故事的方式，进行最初的启蒙教育，介绍一些最基本的概念，告诉孩子各个身体部位的名称，人有哪些喜怒哀乐，教育孩子不能跟着陌生人走，不能告诉陌生人自己的姓名，更不能相信他们的花言巧语，告诉孩子坏人有哪些惯用的伎俩，比如他们深谙孩子喜欢小动物的心理，利用孩子的同情心，向孩子出示小猫小狗的萌照，编造它们是如何可怜，没有人收养，并就住在附近，可以让孩子去看望领养等等。

德国小学四年级的时候，对孩子们进行生理卫生教育，会涉及有关性的各个方面，讲婴儿是怎么来的，怀胎十月是咋回事儿，如何避孕，什么是恋爱，女孩子的生理周期，目的是让孩子初步了解和懂得性的知识，打破性的禁忌。联邦教育局有统一的教材，三套本，一本讲解专业词汇、一本故事书和一本小册子，老师还在课堂上分发阅读材料，设有讨论课和课后作业，请当地医院的助产士和女士谈月经、生产等题目，回答孩子们的提问。

类似的教育也可以在家庭里进行。德国书店里、官方网站上都能找到相关的文章，非常详细，有对各个条目的具体解释，有给家长的，也有给孩子的。这些浅显易懂的儿童画册很受家长青睐，有的再版十多次，图文并茂地告诉孩子，人类有着丰富的情感，会与自己喜欢的人有肢体接触。每个孩子都是独立的个体，应该有自己的直觉、感受和判断，可以欣然接受，也可以拒绝任何的身体接触，无论对象是陌生人、长辈、亲戚、朋友、客人，还是老师或教练。孩子有权利对任何人说："不，我不喜欢你亲近我。"这与礼貌和教养无关，每个人的身体只属于自己。只要自己感觉不舒服，都有权利对一个看起来很友善、很关心自己、对自己很重要的人保持距离，甚至大胆清楚地告诉对方说："我不愿意。"这些画本读物很可爱，有的上面还有练习题，设置不同的场景，让孩子从三种选择题里自己先做判断，书后有正确答案和解释可供参考和学习。这种读物意在培养孩子的自信和独立。胆量是练出来的，远离觉得不安全或者感觉怪怪的人和事，是幼童们保护自己的第一步。德国有专门机构提供免费的热线电话，由专家给予咨询和讲解，也有机构提供有关的培训课，鼓励母女一起参加，有系统地训练孩子和母亲大胆说不，如何解决尴尬的场面，如何培养胆量和自信。

在德国，对孩子的教育和指引不仅来自家庭，而是无处不在，可以发生在任何场景。女儿小时候去例行检查身体，和蔼可亲的医生伯伯对她说："我现在要检查你的小肚皮了，你的小裤裤可以穿着，别的衣服要脱掉。记住，这种检查只能是医生做，并且得当着你妈妈的面才能做，换个人或者换个地方，都不可以。懂了吗？"

作为家长，怎样做才能够最好地帮助和保护自己的孩子呢？一句话：给孩子一个温暖的家，给他足够的爱和关注，多与孩子交流，了解他的思想动态，及时给予指导。养成定时与孩子聊天的习惯，比如在每天的中餐或晚餐时间。孩子交什么朋友，出门去哪里，与谁同行，什么时间回来，做父母的都有责任了解或规定得一清二楚，不能放任自流，家长必须承担自己应尽的义务，否则可能被坏人钻空子。而来自熟人长者，比如学校老师或者校长的性侵，不都是一朝一夕发生的，会有蛛丝马迹可寻，应是可以避免的。

只有父母自身对儿童的性发育和性侵儿童的常识了解得足够多，才能理性地看待、防范和处理这类与性有关的事情。父母只有给孩子提供足够的启蒙和训练，孩子的自我保护意识才能被唤醒。

每个家长都想保护好自己的孩子，但在日常生活中具体该怎样做，怎样对不同性格的孩子因材施教，向他们自然而明晰地传授防范性侵害的知识，而不是夸张地谈性色变，则需要用另外一篇文章来阐述，题目可以叫作《如何让孩子远离性侵害》。

圣诞树下的纠结与困惑

　　圣诞节是德国人最看重的节日。法定假日是 12 月 25 日和 26 日两天，24 日是平安夜，大多数商店只营业半天，中小学在圣诞和新年前后放假两周，不少德国人也会在这个时段休假，与家人和朋友一起度过一个温馨而愉快的圣诞假日。

　　圣诞节让人联想到装饰美丽的圣诞树、源远流长的圣诞市场、和蔼可亲的圣诞老人和丰富多彩的圣诞礼物。冷冽的空气中飘荡着圣诞姜饼和热葡萄酒的香味，耳朵里传来耳熟能详的、或欢快或舒缓的圣诞歌曲。圣诞节，既是阖家团圆的日子，也是爱的节日，德国人普遍认为，你和谁一起过圣诞节，对方就是你最爱的人。正因为如此，一些平日里不存在或者不显著的问题，在节日期间容易暴露或爆发出来；一些被掩盖或忽略的矛盾也容易在这个特殊的时刻凸显或激化。

　　有一年，邻居两口子和朋友结伴去北海边度假，回来后说以后的圣诞节必须待在家里了，没有圣诞树的圣诞节根本就不是圣诞节；而且圣诞树不得是在超市里就能买到的、可以反复使用的塑料圣诞树，必须是一种不扎手、不容易掉针叶的正儿八经的圣诞树（圣诞树在德国有不同的类型和价位）。他们还告诉我，很多年前，每年的圣诞节都是亲朋好友在他们家度过，由太太操持圣诞晚宴，大家济济一堂，喝酒聊天，互赠礼物，好不热闹。但有一年的圣诞，太太病了，无法再像平常那样招待客人。让他们两口子很受伤的是，竟然没有一家亲友请他们一家人上门去过节。

亲友们的疏忽或者凉薄让他们呼朋唤友的圣诞待客传统戛然而止。那个时候，他们的三个孩子还是幼童，如今都已成家立业、娶妻生子了。这之后的圣诞节，都是他们自家人和女方的妹妹两口子一起度过。圣诞晚宴所引发的不愉快让他们甄别出了对自己来讲最珍贵的人，这未尝不是一件好事情。

幸福的家庭家家相似，不外乎舐犊情深、父慈子孝，夫妻恩爱、琴瑟相和。烛光下、杯盏间，一家子人围坐在圣诞树下拆礼物、唱圣诞歌曲、讲圣诞故事，互相逗趣儿。白天的时候，一家人在冰天雪地中优哉游哉地漫步徜徉，曾经在德国朋友家度过的圣诞节，给我留下了如此美好而难忘的画面。

到德国久了，遇见各式各样的人，听见各种各样的故事，不得不感叹：家家有本难念的经，最复杂的是人性，最难沟通的是人心。邻居家的故事小巫见大巫，没什么大不了，不再随意请客和不再去海边过圣诞节就万事大吉了，而有的烦恼和矛盾却是难解，甚至无解的。

离异的夫妻，没有孩子还好办，各走各的路，各过各的节。有了孩子，就是另外一回事儿了。圣诞节在德国人心目中是家庭的节日，初懂人事的孩子会希望已经分开的父母亲还像以前一样，陪着自己一起过节，平日里父母不在一起也就罢了，逢年过节的时候，孩子潜意识里的愿望会分外强烈，甚至迸发出来，让已经有新伴侣的父母左右为难。常常看见一些明星家庭，在这特殊的日子里，父母双方以孩子为重，新旧家庭不计前嫌，一起度过这个一年中最重要的节日。大人们抱着的宗旨不外乎：不再是夫妻，但还是父母。而人与人的性格迥异，每个人的经历与创痛不同，有的人敏感而易受伤，需要更长的与旧爱隔离的时间，来独自疗伤止痛，眼不见心不烦就是这个道理。只有双方都心平气和地度过了两两嫌怨的时段，才可能在孩子面前扮演虽然不再相亲相爱、但可以互相理解和包容的父母。只有相互间已经释然了的，能够做到互相尊重、和平共处的家长，才能让子女在平和中享受与父母双方的共处，给孩子的平安夜带来温馨与甜蜜，否则，一对怨偶聚在一起，只可能对孩子不安的情绪雪上加霜，给孩子留下心灵上的创伤。

　　装饰圣诞树时男女双方有分歧怎么办，女方想按照老传统点蜡烛，男方却想使用连成串的小电灯泡；圣诞聚会上应不应该谈论政治？讨厌前嫂子，不想邀请她来参加圣诞派对，但又怕小侄子为此伤心怎么办？祖父母送太多的礼物给孙辈对不对？丈夫每年圣诞节给妻子送省心省事的购物券，而不是去精心挑选她心仪的礼物，是不是不上心的表现？当妈的自己想去教堂，该不该叫上五岁和八岁的两个孩子一起去？是一起去男方或者女方父母家过，还是男女两人各自回父母家过？一家三口想在自己的小家庭里单过，又怕双方父母伤心怎么办？德国人有关圣诞节的纠结和困惑五花八门，也许在旁人眼里不是什么大事儿，但对每一个个体来讲，都是搁在心上的当务之急。特别是因为大多数德国人认为，和谁过圣诞节，谁就是自己最爱的人；而怎样过圣诞节，则和自己的成长经历相关，每个人都想维护自己的"传统"；还有就是送什么礼物合适。所以，在圣诞节来临之前，德国人多多少少会抱怨"节日的苦恼"或者"节日的压力"。圣诞，不光充满了喜悦与欢乐，也夹杂着烦恼与困惑。

　　德国人喜欢思考、提问和讨论，那么德国的心理学家、社会学家和家庭婚姻问题专家们是如何看待或者解答上述问题的呢？他们的回答有的出乎我的意料，开拓了我的眼界，给了我启示；有的印证了我已形成的观念，从另一个角度肯定了我的认知。

　　我感觉这些看法中的共性是：强调个性，既不要勉强自己，也不要为难他人；坚持你自己的意见，但不要让对方下不了台；采用中庸的方式来处理一些暂时的问题，比如今年照你的愿望来装饰圣诞树，或者今年去你父母家过，明年就按照我的想法来，直到有一天大家达成共识；还有就是，换个角度看问题，让理性代替偏见，避免意气用事。比如你如果觉得公公婆婆家里挤，住着不方便，那么你就自己在外面住酒店好了，但不要强迫老公也跟你住外面。他们应该给你选择的自由，你也不要强人所难，大家各让一步，才能和和气气、皆大欢喜。你认为爷爷奶奶或者前夫送给孩子的圣诞礼物太多太贵太过分，把圣诞节活脱脱变成了"送礼的节日"，甚至可能把你准备的礼物比下去了。其实，就事论事，何苦把本来简简单单的一件事情，掺杂进平日里你跟老人或前夫的不合与矛盾，你可以保留对他们的看法，但不要妨碍祖孙间或父子间的互动与情意。送礼是爷爷奶奶爱孙子的表达方式，孩子的父亲也许正是想通过这样的举动来弥补平日陪伴孩子的不足。退一步海阔天空，杞人不要忧天，孩子虽小，也有他自己的甄别能力，不是那么容易被"腐蚀"的。在成人眼里的商品、商标、物质和物价，在孩子纯真的眼里，却是有趣的毛绒玩具、可爱的画本读物和难忘的童年记忆，是爷爷奶奶父母满满的爱与关心。多几个人爱你的孩子，何乐而不为呢。

平安夜，圣诞夜，一切都安静，一切都明洁。这首歌给我的印象太深了，以致我一直认为，平安夜就应该安安静静地和父母家人待在家里，在倾谈倾听和沉思冥想中静静地度过。或者去教堂，如果你是教徒的话。有的德国年轻人却不这样想，令一位朋友懊恼的是："这个圣诞夜我原想与一群单身朋友一起开派对，我的父母感到很失望，因为这毕竟是家庭的节日。我应该对我的朋友们说不吗？"当然啦，我心里嘀咕。但是德国企业咨询与家庭顾问 Mathias Voelchert 先生的回答却出乎我的意料，他说："为什么要对他们说不呢？你应该对你的父母说不。不用把圣诞节看作一个严肃的家庭事务，尽管把它当作一个娱乐和恋爱的节日吧。"这位 Voelchert 先生今年六十岁，是两个成年孩子的父亲，这个圣诞节他将与他的两个孩子和他的前妻一起度过，而他现在的伴侣和她自己的孩子一起过平安夜。作为过来人和父亲，他这样给年轻人支招，你就直截了当地告诉父母，你想怎样和朋友们庆祝这个节日，如果他们因此觉得受辱的话，恰恰说明，你自己应该当家做主的时候到了，但你可以安慰他们说，圣诞节的第一天就去看望他们。我想，把 Voelchert 先生的话："圣诞节是属于你自己的，让它成为你的节日吧。"换成"生命是你自己的，好好把握它。"是可以的。

无独有偶，昨晚我们和邻居一起喝啤酒吃牛排时，谈起怎样过平安夜，太太说，儿子媳妇和孙子孙女都回家来过，她妹妹两口子也过来，不过儿子媳妇晚上还想和朋友们一块儿去舞厅玩，所以下午会早点开饭，让孩子们可以两不耽误地、酒足饭饱后出门去玩，他们两口子则在家里照顾孙子孙女。

他们还说，圣诞夜之后的第二个假日，也就是二十六日，他们两口子又要开车去北海玩了，还是像以前一样，和另外三对夫妇同行，大家各自开车去，然后在那里租房住一周，八个大人五条狗，一定很热闹。主人们是相识多年的老朋友，狗狗们也情投意合，每次他们一起上饭店的时候，主人们杯盏交错，狗狗们摸来蹭去，引得旁人驻足观看，啧啧称奇。

先生说，这次他想买一棵塑料的圣诞树，因为他们二十六日就走了，回来的时候圣诞树一定枯萎了，不值得买真的，否则掉落一地的针叶可能扎伤狗狗的脚，太太不乐意，说真的圣诞树才叫圣诞树，她还需要考虑一下。我和老公在一旁笑，唉，计划没有变化快，他们又要去北海了，当然和上次不同的是，这次是在平安夜之后；而且，他们中的一个开始想买塑料的圣诞树了。

第三辑

| 生活·教育 |

幼儿园教育

我女儿从一岁半到六岁在德国上幼儿园，对德国人的教育方式我一直颇有感触，这里从幼儿园开始，提倡的就是寓教于乐，不偏重识字、数数、学外语的教育。他们有专门针对幼儿园的统一的教学大纲，每学期请家长单独面谈，从各个方面对孩子做出评价，比如说语言能力、与别的孩子相处的能力、能数多少数了、对音乐的感觉如何等等，然后提出改进意见。在开家长大会的时候，老师提出一个观念，玩耍等于学习，他们的教育理念是，孩子们在做游戏的过程中，学习已经不知不觉地开始了。从寻找小伙伴、如何正确处理被同伴拒绝或遭到排斥、如何几个孩子和平共处地玩好一个游戏等等，孩子们已经在学习如何与人打交道了。幼儿园遵循先来后到的原则，一个玩具谁先拿到手，就归谁玩，别的孩子要学会耐心等待，不能争抢。他们教育的侧重点不在认识多少字，或者能数多少数这些方面，而是全面地培养一个孩子最基本的素质，从小树立正确的为人处世的原则，比如，在别人说话的时候不能打断人家，要耐心地等待对方停下来的间隙才能问问题或插话；大冬天的时候，孩子们去户外玩耍前，六岁的大孩子要帮助刚进幼儿园的三四岁的小孩子穿外套和鞋子，老师就坐在旁边观察和指导，并不动手帮忙，让大孩子自己学会帮助小孩子。

幼儿园非常注重手工作业，倡导画画，在玩具上练习织布、系鞋带等等，逢年过节，家长们都能收到孩子们在老师的指导和帮助下，自己制作的爱心小礼物。

在家长签字同意的情况下，老师每天会拉个大木车，选择一到两个孩子去附近的超市为幼儿园买东西。学龄前孩子的活动是最多的，他们要去当地的医院、消防队、环保局、警察局、面包店参观学习。这些地方，都有专人负责接待和讲解，把这些小不点儿当作尊贵的客人一般，煞有介事。在医院，医生们给小孩子绑个绷带什么的在手指手臂上，消除他们对医院的陌生感和害怕心理；在消防队，孩子们可以登上消防车，跟那些义务的消防队员们一起摆摆演习的样子；在警察局，每个孩子都可以威风凛凛地骑在一辆货真价实的警察专用的摩托车上，摆个pose照相留念；在环保局，孩子们看着环保工人如何分拣收集来的可回收垃圾，他们不仅仅在幼儿园帮助老师处理可回收、不可回收、纸制品垃圾，回家还要监督爸爸妈妈做好垃圾的分类处理。德国人的环保意识在幼儿园就已经开始培养了；在面包店，孩子们系上围裙，在专业面包师的指导下，学做各种糕点，体会"粒粒皆辛苦"的含义。

在中国，闯红灯和不遵守交通规则还很常见，其实，任何事情都得从娃娃抓起，公民素质的提高不是个人或者家庭的问题，而是全民教育的问题。如果我们的后代没有一个良好的学习和生活环境，怎么能指望他们成年后具有文明人的教养与素质呢。

众所周知，德国是汽车王国，但德国更是一个注重素质教育的国度，他们的交通法规教育，就是典型的"从娃娃抓起"。在幼儿园的最后一个学期，所有学龄前儿童都要接受交通法规教育。这一天，孩子们像过节一样，兴奋得很，因为一位彬彬有礼的警察先生要来幼儿园教他们如何过马路，在小孩子心目中，穿着制服的警察还是蛮神秘和威风的。在一位老师的陪伴下，一个班级上的几个学龄前儿童，在警察先生的带领下，来到了马路上，于是一堂生动有趣的交通教育课开始了。我想，这样的教育一定会给人一生都留下深刻的印象。

在开学的第一天，这位教孩子们过马路的警察先生检查工作来了，他在孩子们上学的路上转来转去，检查这些神气的新入学的小学生们，有没有按照他教的规则过马路，是否扭头看了汽车、是否斜穿了马路，有没有走斑马线等等。这是一件看起来似乎微不足道的事情，但其实，这是人命关天的大事情，每个孩子的安危都关系到千家万户的幸福。

我们国家每年发生的交通意外和事故，不知给多少家庭带来了痛苦和不幸。我们如果也能在方方面面从娃娃抓起，那十年二十年之后，我们的公民就是一批懂得尊重他人、爱护环境、遵守交通法规的新一代。

强国，强的是人，是人的素质、操守与品德。

看护孩子有讲究

德国法律规定，家长对未成年人有监管和照顾的义务，细节上如何执行，得按照孩子的年龄、身体、性格和心智来决定的，也就是说因人而异，因地制宜，具体情况具体分析。

比如说，一个哺乳期的孩子需要得到的照顾，显然比一个上幼儿园的孩子需要的多得多，婴儿几乎需要父母寸步不离地喂食、换尿布和照看；一个生病或正在换牙的儿童，德国医生的建议是，家长得比平时更用心，得花费更多的时间和精力照顾，不得把病童一个人留在家里；面对有智力障碍的儿童，家长的责任可想而知更重，他们不仅要照顾孩子的饮食起居，还要防止孩子受伤和走失，尽管孩子可能已经到了正常孩子能够自己照顾自己吃喝拉撒，和认得回家的路的年纪。所幸的是，德国相关的政府机构，比如青年局，会对这些有特殊困难，需要额外帮助的家庭和孩子提供经济和精神上的双重支持。

德国人认为，可能对孩子造成的伤害，不仅仅有身体上的，比如在孩子年幼时因为疏于看护而摔伤划伤，还有精神和心理层面上的伤害，比如让年幼的孩子一个人长时间待在家里，就算不出伤亡事故，但因为孩子年纪小，心智未发育成熟，独自一人在家，可能会因害怕而长时间地哭泣，给孩子终生留下胆小、没有安全感、没有信任感的精神隐患。这种情况一旦被邻居举报，家长有可能被剥夺监护权，严重的还可能因此受到法律制裁。

德国没有统一的处罚失责家长的法律条文，但家长一旦被举报，法官将根据个案的不同来判决，不搞一刀切，而是根据事故发生的起因、细节、过程和结果来裁判。

　　德国民法中规定，为了保证未成年人的利益，不合格或者不称职的父母有可能被剥夺护养权，一种是父母方面不存在过失，但是现存的状况不利于孩子的成长，比如单身母亲罹患抑郁症，自顾不暇，力不从心；另一种是父母自身有严重的过失，必须被剥夺护养权。

　　在德国人看来，有过失的父母被剥夺对子女的监护权，眼睁睁看着自己的子女被政府部门强行送到儿童院，或者经过严格审核的寄养家庭，因此不得不与子女骨肉分离，对正常的父母来说，这已经是极大的惩罚了。

　　德国法律规定，不得把十二岁以下的孩子单独留在家中。但如果家长临时有事儿，只离开很短暂的时间，那么可不可以把孩子独自留在家里呢？德国杂志上有过这样一个故事，一位三个孩子的母亲把一对正在熟睡的双胞胎婴儿独自留在家里，自己去附近的幼儿园接放学的老大，结果一切相安无事。这位母亲的此番行为是可以理解和允许的呢，还是不负责任的表现呢？

　　从法律上来看，家长有监管孩子的义务，不能让孩子身体和精神上受到伤害，在这个大前提下，家长可以根据孩子的年纪、懂事程度、性格特点和所处的环境来决定该如何做。

　　专家对此的意见是，作为父母，你必须了解自己孩子睡觉的习惯和规律，比如你确定婴儿在接下来的半个小时内不会醒来，那些短暂地离开一会儿是允许的，但不能常这样做。比如这位母亲，为了接老大，把熟睡的婴儿弄醒显然是不明智的，如果她确信十分钟内就能从幼儿园回来，那么把一个还不会动、不会从床上掉下来的婴儿独自留在家里也是可以的。

在德国专家看来，偶尔一次两次把婴儿独自短时间地留在家里，不会对其造成心理上的伤害，而如果把一个活蹦乱跳的顽童独自留在家里，可能风险要大得多，所以针对不同年龄段和不同性格的孩子，必须有不同的处理方式。

德国人原则上是不赞成把孩子一个人留在家里的，如果万不得已而为之，必须注意什么呢，比如你只是急着过条街去给孩子买个面包，或者去邮局取个东西之类的？

必须把家门钥匙交到可靠的邻居手里，并且在手机上储存好邻居的电话号码，如果不能在预定的短时间内及时赶回，那么必须与邻居保持联系，以确保独自在家的孩子万无一失。

同样的，也不能把孩子单独一个人留在车里，特别是夏天，当室外气温三十度的时候，车子如果暴晒在大太阳底下，车里的温度会在短时间内急剧上升到四十六度甚至更高，留在车里的孩子和爱犬都会有生命危险，特别是婴儿。美国有些州的夏天特别热，有的父母看见躺在婴儿椅里的孩子睡得正香甜，不忍心叫醒，认为自己十五分钟就可以采购完毕，就把孩子一个人留在封闭的车里，结果酿成大错，造成终生的悔恨和伤痛。

在别的方面，德国法律为了保护未成年人有着明文规定，比如父母不允许打孩子，不得关孩子的禁闭，违者会被罚款或者判刑。

为了保证孩子的安全，德国还制定了一系列的家长们必须遵守的规章制度，比如孩子乘坐汽车必须使用儿童安全椅，必须系安全带，否则一旦被抓住，会被罚款四十欧元。儿童骑自行车上街必须戴安全帽，必须在自行车后座的地方插长杆的小旗，以便清清楚楚地被街上的司机和行人看见，必须有父母陪同等等。

一个尊重生命和充满人文关怀的社会，一个人人有尊严、有保障的大环境，一大群爱吾幼以及人之幼的公民，才是孩子们平安、健康、快乐地成长的最好保障。

孩子的课外活动

德国孩子一般从四岁开始参加一些课外活动，比如各个城市里的音乐学校提供的早期音乐教育课程，和主要以年龄为标准来招生的舞蹈班、芭蕾班、游泳班、手球班等等。既有公立学校，也有私立学校和体育协会，还有私人老师单独授课，比如竖琴课、绘画课、小提琴课等等。

我们小城的音乐学校开设了早期音乐教育班，为四岁至六岁的孩子授课，为期三年，可以中途插班。这种课一般一周一次，每次四十五分钟。授课老师均是接受过高等音乐教育的专业人士，一般还学习过教育学和幼儿心理学，性情开朗，善于和孩子打交道。最初的几堂课家长可以陪伴，也可以旁听。一学期会有一两次的公开课，尤其是学期结束的时候，欢迎家长来"检查"孩子们的学习成绩。老师会给孩子们排演一个简单的小话剧或者小音乐剧，重在参与，每个孩子都会分到一个角色，化上彩妆，装扮成王子公主或者小猫小狗，有时候老师也一起上台演出。

音乐学校为了方便我们这个城区的孩子，借用我家附近业余大学的校舍，在那里开了分班，我们走路就可以去上课，省时省力。最初去的时候，女儿才四岁多，懵懵懂懂的，上课神情颇为专注，觉得好玩，喜欢老师和同学，对音乐充满了兴趣。孩子们在课堂上除了认识和了解不同的乐器，跟着老师学唱儿歌，还画画、做各种有趣的手工，自制玩具或者乐器，比如在用过的薯片筒里或者洗干净的酸奶盒里放进各种大小不等的豆子，然后封上口，就成了一件能发出好听声响的小"乐器"，拿在手上摇个不停。孩子们还在那里结识新朋友，因为大家都住在附近，有的后来又成了幼儿园小学直至中学的同班同学。他们的毕业演出郑重其事地在音乐学校的音乐厅举行，爷爷奶奶爸爸妈妈都来捧场，济济一堂。这座音乐厅颇有年头，典雅漂亮，炫目的水晶吊灯，白色的蕾丝窗帘，蓝色的天鹅绒帷幕，很适合室内乐的演出，是一年一度的鲁尔区钢琴节举办音乐会的场所之一。老师为他们排练的节目是普罗科菲耶夫的交响诗《彼得与狼》，孩子们一本正经，演得像模像样，童真而有趣，家长老师都被逗得哈哈大笑。

在教学期间一些孩子会选择学习一两样乐器。有的是孩子自己随意的选择，个别德国家长不那么较真，也可以说是尊重孩子的意见，顺其自然；有的则是听从老师的建议，也有的是家长替孩子拿主意。音乐学校每年举办夏季和冬季音乐会，一方面是孩子们的汇报演出，一方面也是为了吸引新的生源。

德国有各种体育协会和俱乐部，比如游泳、体操、网球协会，或者足球、高尔夫球俱乐部，还有私人马场等等，这些地方也是孩子们进行课外活动的场所，有的训练一周一次，有的一周两次甚至三次，还组织比赛，颁发奖状。国家对有天赋的孩子有特别的鼓励措施，也是为国家储备人才。一位朋友的儿子，七岁开始打高尔夫球，很有运动天赋，场上常常有神来之笔，被教练相中，吸收到了州一级的青少年预备队。另一位朋友的儿子，打羽毛球获得德国青少年组比赛的冠军。他们都是从课余时间的业余爱好起步的，先是玩玩，然后慢慢发现自己的特长，继而下功夫苦练而成。曾经叱咤风云的德国车王舒马赫，也是从小参加少年儿童的赛车训练，先是作为一项课余的业余爱好，然后初露锋芒，得到教练的提携，持之以恒地训练，一步一步走到了职业生涯的巅峰。

女儿的女同学中有学习独轮车和技巧独轮车的，还有练冰球和艺术体操的，男同学中有学习打击乐和跆拳道的，学网球和足球的也不乏其人。邻居家的孩子学篮球和足球的也比比皆是。德国足球队今天的巨星们，比如队长拉姆、小猪、后卫兼门将小新和"二娃"托马斯穆勒，他们如今辉煌的职业生涯无不是从这样的兴趣班开始的，小小年纪就奔跑在绿茵场上。千里之行始于足下，用在他们身上甚为妥帖。

德国的这些课外活动费用均不算太高，主要因学校和老师而异，除了单独授课的钢琴和小提琴月费在一百至一百四十欧元左右之外，别的集体课收费相对较低，舞蹈课和芭蕾课一个月的费用三十几欧元。骑马和高尔夫球，听起来是所谓的贵族运动，但在我们这个小城都不算太贵，骑马课五次一结算，六十五欧元左右，高尔夫球课一年缴纳一百欧元左右的会费，其前提是父母中的一方是俱乐部的会员。如果把骑马和打球的行头算进去，也是一笔不小的开支。

当我们谈论德国孩子丰富多彩的业余活动时，一定不能忽略的一个大前提是，德国小学和中学低年级的上学时间相对比较短，一般都是上午八点上课，中午一点半就放学了。而且德国小学生的课程比较轻松，家庭作业不多，周末和假期都没有作业。中学也是慢慢加码，作业量与小学相比开始变多了，但也没有到孩子吃不消、成为负担的地步。下午的时间用来从事课外活动，也就顺理成章了。

养育孩子需要父母的付出，额外的课余活动需要家长的接送、陪伴和指点。德国妈妈们为了能够更好地照顾孩子和家庭，有的在孩子出生后选择做全职母亲，有的只工作半天，才有闲暇和余力胜任"妈妈出租车"的角色。

我认识一位女孩子，从小到大上过早期音乐教育班三年，上过一年幼儿舞蹈班，五岁开始转学芭蕾舞六年，其间还学习钢琴、小提琴、画画、骑马和高尔夫球。这在德国孩子中甚为少见，既不是标准，更非榜样，只是其父母和她自己共同的选择而已，并且是由客观条件所决定的：她是独女，母亲只工作三个半天，家庭经济条件优越，父母都喜爱户外运动，对音乐和艺术情有独钟，孩子无形中受到影响，把画画、打球、骑马当作放松、玩乐和结交朋友的机会。

孩子和大人一样，因人而异，不一定学得越多就越好。有的孩子兴趣广泛，精力充沛，学东西就跟玩儿似的，除了乐器需要每天练习之外，有的活动上完课就放下了，不需要耗费更多的时间和精力。而学得少，消化和练习的时间就相对多，可以做到学得少而精，这未尝不是一件好事情。

每个孩子的身体状况不一样，经济条件和家庭环境参差不齐，家长的教育理念和方式也不尽相同。孩子学多学少，最根本的取决于他本人是否有兴趣，是否有这个体力和精力。有的孩子需要更长时间的睡眠，而睡眠对于生长期的孩子来说至关重要。

孩子的业余爱好和课外活动，不应成为家庭难以承受的经济负担，和家长体力与精神上过重的负荷。全天工作的父母很辛苦，需要给自己留出足够的休息时间，时刻以孩子为重未必是好事。

有闲暇和闲情的家长，如果在孩子跳舞或骑马的时候，自己可以忙里偷闲，去公园散个步，到咖啡馆喝杯茶，在树荫下读本书，或者在高尔夫球俱乐部美餐一顿，那又何乐而不为呢。

如果对家长来讲，经济上不成问题，时间上游刃有余，自己又乐在其中，有足够的精力接送孩子，那么把孩子送到专业人士那里去培养一两样兴趣和爱好，对孩子、对自己都是好事儿。

教育的本源应该是快乐。既不需要强求孩子学什么，更不要给自己施加无谓的压力，没有什么是非学不可的。听从自己内心的声音，尊重孩子的选择，让课外活动给孩子和大人带来的是乐趣，而不是负担，是喜悦，而非叹息。

巴爱巴爱勃拉姆斯故居

巴登巴登步行街一景

巴登巴登历史悠久的着名赌场（Kurhaus）

巴登巴登享有盛名的 *Festspielhaus* （节庆大剧院）

巴登巴登著名的矿泉泵房（*Trinkhalle*）。可以在此饮用具有保健作用的矿泉水。

柏林国家老画廊

从山顶俯瞰巴登巴登

利伯曼故居别墅

维滕贝格宫廷教堂的"论纲之门"

维滕贝格路德－梅兰希通－百水文理中学一景

维滕贝格马丁·路德之家。现为世界
上最大的宗教改革博物馆。

夕阳下的美茵河畔。施泰德美术馆坐落在岸边。

夕阳中的柏林国会大厦

夜色下的柏林勃兰登堡门

易北河畔的"易北爱乐音乐厅"

坐落在法兰克福美茵河畔的施泰德美术馆。
上有 2014 年丢勒特展的巨幅宣传画。

难忘的朗读比赛

有天女儿突然问我："妈咪，你还记得我朗读比赛得奖的事儿吗？"我一愣，没想到她会主动提起。"当然记得啦。我以为你忘记了呢。"这次比赛刻印在脑海里，不仅是因为孩子获奖，更多是因为与此相关的人与事，德国人对待比赛的态度，奖励孩子的方式等等。

2012年9月，九岁半的女儿刚升入小学四年级。一天放学回家，她兴奋地告诉我和外公外婆，她和班上另外四名同学被老师挑选出来，明天每人要在班上朗读一篇故事，前三名将进入学校的复选，然后挑出一名，代表学校参加市里举办的"小学生朗读比赛"。这个比赛每两年举办一次，市属十七所小学各派一名代表参加。

我们听了都为她感到高兴。女儿立马从最喜爱的书里挑选了一段故事，兴致勃勃地朗读起来。晚上爸爸回家得知此事，也乐呵呵地向她表示祝贺。孩子一丝一毫的成绩和进步，都带给家长安慰和喜悦；家长一点一滴的表扬与鼓励，于孩子而言，都是一种快乐和满足。

第二天，女儿跑着进家门，高兴地嚷嚷着她被选中了，于是更加认真地准备起来，我们在一旁看着她笑，由着她一个人在沙发上大声朗读。她说老师给他们三位学生布置的家庭作业，就是准备参加明天学校里的复赛。睡觉前，我安慰她："你从班上二十几个孩子中被选出来，我们已经非常高兴和满意了。明天没有选上一点儿关系都没有哦。不要哭哦。好好睡觉吧。"女儿笑着说："妈咪，我不会哭的。"

全校三四年级共四个班级的十二名孩子参加了复赛，结果女儿脱颖而出。我们在肯定女儿成绩的同时，让她明白：能够作为唯一的学生代表学校参赛，开心是应该的，但不能骄傲和沾沾自喜。

我是在中国念完大学才来德国留学和生活，有意无意间常常对比中德教育的不同之处。女儿参加班级和学校的选拔赛时，我们都没有帮助她，看着她自信满满的样子，我们只是听听，肯定和鼓励几句。老师也没有帮他们做任何准备。到她将参加市级比赛时，我忍不住问她：老师会帮你准备吗？老师要求家长帮你准备吗？她回答说老师很高兴她入选，是她们班级的荣誉，其他就没说什么了。我不禁想起自己读书时的情景，别说市级比赛了，就是校级表演，老师都会要求学生放学后留下来，手把手地教，一遍遍地练，语音语调，表情动作，均有严格的规定，不断地练习，力求完美。而严厉调教出来的往往是一种没有生气的拘谨和呆板，千人一面，失去了孩子本应具有的童真气息。再说小小年纪的孩子，寓教于乐为主，不然就会转化为压力和负担。

女儿能够代表学校参赛，已经超出我们的期望。我属于多一事不如少一事的家长，乐得轻松，不帮助，不施压，随她自个儿折腾，能走多远是多远。没想到孩子爸来了兴致，蓦然想起自己小学时参加过市级文艺比赛，说相声得了奖，觉得女儿遗传了他的那一点点"表演天赋"。于是便和他的"升级版玩具"一起认真地"切磋"起语音、语调、断句、表情，甚至手势。我不禁泼冷水："好啦，不用练啦。"我是担心画蛇添足，练得复杂了，孩子记不住，反而弄巧成拙，就让孩子临场发挥好了。父母及时制止我，瞧父女俩玩得多开心嘛，不要打断他们嘛。对呀，换个角度想想：这是多么难得的一次父女互动的机会啊，孩子由此体悟到爸爸对自己参赛的重视，给自己出主意的一片爱心和不厌其烦陪自己练习的耐心。

转眼就是正式比赛了。女儿说她的两个好朋友想去给她加油，问我们能不能带。我一口答应，孩子间的友谊弥足珍贵，理应维护和支持，多开一辆车就是。于是，孩子爸提前下班回家，我带父母，他带三个孩子，叽叽喳喳开往比赛大厅。来观赛的主要是参赛者的亲朋好友和各自的老师。女儿的老师正怀孕，又赶上身体微恙，不能前来。事先她郑重其事地向女儿说抱歉，事后送了孩子一个小小的巧克力，表示歉意和祝贺。

我跟女儿讲："你老师人真好，真友善。这是她的业余时间，不是非来不可的，她爱护你，对你好，才这样说，这样做。"女儿拉长声调："妈咪，我知道的。"

三个小伙伴一起坐前排，女儿坐在中间，比赛开始前，她念书给她俩听，三只小脑袋挤靠在一块儿。我们从后面看见，会心一笑。这些温馨的场景，我用手机一一拍了下来。

比赛开始了，高高的舞台上摆着一张桌子，孩子们坐在桌前朗读，桌下空空荡荡，双腿的姿态一览无余，别的孩子都穿着长裤，无伤大雅，而女儿穿的是及膝的牛仔短裙。我不禁有些担心，想去提醒她落座后记得并拢双腿。无奈我们之间隔着一段距离，比赛进行得井然有序，观众席安然寂静，只闻琅琅读书声，离座会影响旁人。我安慰自己不用在意，即使走光也没什么大不了，她还是个小人儿呢。不当一回事儿就不是一回事儿。

女儿上台了，她双膝并拢，姿态端庄，专注地读着她最喜爱的故事，伴以恰当的手势，自然生动，烂漫天真，深深地吸引了观众，大家笑声连连，坐在舞台角落的主持人也被逗笑了。

女儿获得了第一名。她的两位小伙伴比她还激动，她们紧紧地拥抱她、亲吻她，三个孩子沉浸在获胜的喜悦中。走出比赛大厅后，两个孩子用手做成"轿子"，抬着女儿"游行"庆贺，大家都望着她们笑。

不但不嫉妒，还由衷地替你高兴，甚至比你还要高兴，这样的朋友，令人感动，这份纯净无瑕的情谊，让人难忘。

参加比赛的一个女孩子给我留下了深刻的印象，她上台后，低头打开书本，不徐不疾地读起来，旁若无人，津津有味。她不停地读，遗忘了周遭的世界，大大超出了规定的时间，完全没有停息的意思，最后主持人不得不打断了她。台下的观众都善意地笑了起来。她获得了第二名。

颁奖仪式开始了，舞台上摆满了色彩缤纷、琳琅满目的各种书籍，所有参赛的孩子被请上台，每人可以自由挑选两本书作为纪念，然后与颁奖人一起照相留念。第一名的奖品是一张价值四百欧元的购书券和一张价值十欧元的冰淇淋券。前者将由获奖者转交自己的学校，后者留给获奖者本人。

第二天，女儿兴冲冲地拿着购书券去上学。外婆说："当心啊，可别弄丢了。"女儿镇定地回答："放心吧，不会丢的。"

学校的奖励也接踵而至。学校刚建完一个图书室，于是邀请女儿作为嘉宾参加"开馆"仪式，图书室门口的招牌上特意书写了她一个人的名字，表达了学校对她这次获奖的重视和表彰。"开馆"仪式是在放学后的某个下午，家长和学生都是自愿前来参加。

图书室里摆满了各种书籍、玩具和色彩鲜艳的大垫子，供孩子们课余时间在此小憩、读书和玩乐。女儿在仪式上重读了比赛时读过的故事，她靠坐在舒适的红色座垫上，怡然自得地读着。校长跟她握手表示祝贺，感谢她赢来的书券，问她对学校买书有什么建议。女儿一本正经地答道："幻想类的吧。"班主任问她，希望得到什么样的礼物，想要什么样的书籍吗？女儿回答："不一定要书，别的东西也可以。"家长们听见了都笑起来。

女儿特别打电话向李阿姨报喜，因为她最喜欢的这套书的第一本，是李阿姨送的。妈妈陆续给她买齐了后面几本。她爱不释手，反复读了好多遍。因为喜爱，才会读得这么起劲，这么入迷。

后来学校奖励给她的是一套阅读用具，包括阅读灯、阅读书皮、阅读专用枕头等等。

邻居特意送来登有比赛报道的剪报，上面有孩子们的照片，让我们好好替女儿保存着，作为她童年时代的一个特别的纪念。

十欧元的冰淇淋券，当然是三位好朋友一起分享了。

学习钢琴的苦与乐

女儿从五岁开始学习钢琴，到现在已经八年。看着她一天天在老师的指导下蹒跚学步，一步步迈进音乐的殿堂，我为孩子感到高兴，也为当初感性而直觉的选择感到欣慰。

其实，可以把钢琴换成任何一样别的乐器。在我看来，家长能够赠予孩子最好的礼物之一，便是在孩子年纪尚幼、懵懵懂懂的时候，就送他去学习一门乐器。然后一路陪伴、理解、安慰和鼓励他，让他坚持学下去；让这门乐器，让音乐本身，成为孩子生活乃至生命的一部分。

我父亲年轻时会的乐器不止一种，从中学时代的笛子二胡三弦，到大学时代的扬琴和手风琴，都是自学成才，自娱自乐的水准。记得幼年时，在奶奶家过春节，父亲与弟妹们吹拉弹唱，好不快活。母亲对父亲说："有空你也教教孩子唱歌吧，别只顾自己唱。"父亲答："她和你一样，是个左嗓子，没法教。"母亲听了不高兴。我听了，则一脸茫然。我并没因此受到伤害，因为内心知道父亲是爱我的。但他的论断影响了我，从此我不敢开口唱歌。

那时我还不懂得，即使先天的嗓音条件不好，也是可以通过老师的指导和练习而得到一定程度的矫正和提高。好比基础教育，通过持之以恒、因材施教的学习，可以弥补天分上的欠缺与不足。每个人的音乐天赋参差不齐，先天条件因人而异，但这不应该成为阻碍孩子学习乐器或声乐的依据。仅作为业余爱好，没天赋的人一样可以学习音乐。学与不学，两者之间的差距是不言而喻的。

小时候除了学校里每周一次的音乐课，我没有学习过唱歌，更没有尝试过一门乐器，但对音乐的热爱一直潜藏在心底。如今经济条件许可，德国学校里的课程不繁重，我也有闲暇时间接送，为什么不让孩子去学习一件乐器呢？让她从小与音乐为伴，懂得倾听音乐，用音乐去表达，在乐音中找到慰藉与快乐，这该是一件多么美好的事情啊。

　　我和先生一拍即合，决定送孩子学琴。为她选择乐器时跟着感觉走，并参考了父亲的意见。钢琴是乐器之王，声音雄浑，键盘黑白相间，端庄而典雅，本身就是一件精美的艺术品。哪一样乐器不是呢？每门乐器各有其长。而钢琴的音准是固定的，不用自己调音，相较别的乐器，应该比较容易掌握，能够较快地激发孩子的兴趣。

　　女儿在一位富有教学经验的俄罗斯老师门下启蒙。这位严格的老师为她的钢琴学习打下了坚实的基础，孩子从各方面受益良多。刚学琴时孩子年纪尚幼，老师要求家长一起听课，以便回家后帮助和督促孩子练琴。于是我也学到了一些简单的初级乐理知识。

　　两年后，女儿第一次参加正规比赛，弹奏海顿的奏鸣曲与门德尔松的《无言歌》。那稚嫩而优美的琴声，一下子把我拽入了古典音乐的浩瀚海洋，让我深深体味到了古典音乐的隽永与唯美。那一次比赛，女儿获得了满分二十五分的好成绩，我们很高兴，她自己也兴奋得小脸通红，喜滋滋地说："妈咪，我还是不错的。老师总说我不够好（赛前老师一直这样激将她）。但我这次比赛真的弹得还蛮好的。"看着她自信满满的样子，想到她学琴过程中受到的"折磨"与"打压"，我深感学琴远非学琴，而是一种无形的历练，让孩子小小年纪就领略到了努力、批评，挫败与成功的含义。

师从俄国老师近五年的学琴过程中，既有学习一首新曲子的万事开头难，也有贵在坚持、熟能生巧的喜悦。既体验过登台演出的兴奋与快乐，也经历过比赛受挫的无奈与难过。有时甚至被老师批评得哭。时不时，我跟她爸爸讲上课的情况，说："女儿可高兴了，老师表扬了她，说她练琴认真得法，得了个1+。"或者"今天又被老师批评了，得了个3-。女儿伤心得哭了"。平时在学校和家里，从来没有人这么严厉地批评过她。

老师的情绪不仅影响孩子，也考验家长的神经。有时候，我本来对孩子蛮满意的，结果老师一盆冷水泼来，顿时让我觉得自己教子无方，对孩子太过宽松，于是自我检讨：不该心软，一听见小朋友按铃就放她出去玩，不该孩子一叫唤就放她一马，不该周末贪图自己玩就不管孩子，应该每天都让她按时按点地练琴等等。有时候遇上自己心情欠佳，老师的严厉批评仿佛雪上加霜，让人灰心丧气。还得在孩子面前故作镇静，安慰她，帮助她分析没有弹好的原因，再给一点点鼓励。

现在回头看，细枝末节不足为虑，孩子愿意继续学琴就行。偶尔走神，偶尔失误，偶尔表现差，偶尔被批评，都是小事，看淡放下就是。唯一重要的是坚持下去，不轻言放弃。做完美主义者太累，还是把这两句德语常常挂在嘴边为好："einmal ist keinmal（一次不足为意）"和"es gibt noch Schlimmeres（没什么大不了，还有更糟糕的事情呢）"。

女儿十岁的时候，转到本城的市立音乐学校，投在一位德国老师门下。这位老师已经任教三十多年，年轻时师从大名鼎鼎的智利钢琴家阿劳学艺，同时还在科隆的音乐学院上课，桃李满天下。他定期在不同城市举办独奏音乐会，在我们小城一年两次，我们母女俩总是买上鲜花去聆听捧场。老先生独自一人，无儿无女，整个心思都在钢琴上。钢琴，或者说音乐，就是他生活的全部。有时候，女儿嫌他要求高，作业多，还加课，就鹦鹉学舌地借用某个家长的牢骚话来发泄不满："以为谁都像他啊，除了钢琴没别的。"去年他已到退休年纪，被返聘回来继续任教。上课时他不仅教授技巧和理论，不厌其烦地做示范，有时也天南海北地闲聊，幼年学琴的不易，教授钢琴的辛苦，举办音乐会的得失，以及去尼泊尔登山的趣闻。我每次都在最后十五分钟进去听课，他对孩子以表扬与鼓励为主，从来没见他拉长过脸，更别提发脾气。这种循循善诱和语重心长的教学方式更符合我的教育理念，对孩子应该严格加上耐心，温和而非粗暴。

最近一年我注意观察，发现有时课前女儿噘着小嘴，一副畏难的模样，她心里清楚自己练得不够好，害怕还课时露馅，担心被批评。上课的状态却是高高兴兴、认认真真，与老师有说有笑。课后练琴有时静心专注，有时烦躁急促。练得高兴的时候，会志得意满地叫住我问："妈咪，你觉得我弹得好听吗？""好听极了！"我不吝赞美。

课后我会与老师聊聊天：最近正在阅读的书籍，看过的画展和音乐会，去哪里徒步或旅游了。与富有学养的人士聊天，无所谓种族、性别和年龄，是日常生活的一种乐趣。

如今跟这位和蔼可亲的老师学琴三年多了。女儿一天天长大，已经进入青春期，偶尔有不愿意练琴，甚至不愿意学琴的时候。其实设身处地想想，学琴的孩子个个不易。别的孩子结伴玩耍时，她却得一个人独自练琴。女儿的兴趣爱好也在不断地发生变化，以前喜欢狗，现在迷恋马。最近她对我说："妈咪，你知道我现在最喜欢的是什么吗？骑马和画画。"她自问自答道。相比钢琴，这两项课余活动都没有作业，不需要练习，这是她喜欢的原因之一吧，我暗自思忖。

学琴要趁早，不光因为弹琴的基本功需要从小训练。还有一个重要的原因是，懵懂幼童感受不到压力，也不懂得抱怨，只会照做，所以老师好教，家长好管。而孩子长大懂事了，有了自己的思想，就会出现练琴积极性不高，磨蹭和抱怨的时候。我曾经也很纠结，有时还忍不住恼火，心想：既然这么不喜欢练琴，那就别学了，我还懒得送呢。早就察觉了，女儿喜欢在人前表演钢琴，却不喜欢人后辛苦练琴，可能不止她一个孩子这样。人都是贪图安逸和享受的，无论大人孩子。而练琴却需要耐得住寂寞，静得下心来独自打磨。

曾经一度，我们夫妇俩串通起来，合伙对孩子说："你不想练琴就别学了，反正你又不是为爸爸妈妈学琴，我们都有自己的工作和兴趣爱好，不需要你学琴来帮助我们做什么。"女儿不吱声了。行笔至此，我不禁反思当时的这番言语，感觉比较冰冷和狠心。在孩子畏难和动摇的时刻，家长应该给予更多的理解、安慰和鼓励，而不是旁观的漠然和隐形的威胁。但这一招当时管了用，我们不勉强她，把选择摆在她面前，半途而废还是坚持不懈，决定权在她。这么多年的潜移默化中，她已经懂得一些事理，明白贵在坚持的道理。

而如果孩子真的反弹厉害，实在不愿意学琴，那就算了，用不着一味地强迫。条条大路通罗马，世上可学的东西那么多，不一定就得是乐器。顺其自然，让她学自己喜欢的就好。纵使什么都不学，身心健康也足矣。

时至今日，女儿暗暗在内心权衡过，并且自己说服了自己，继续学下去，因为她从学习钢琴中获益良多。当孩子拥有选择放弃的自由，就不用逆反和抗拒。遇到不愿意练琴的时候，她学会了自我安慰和激励：我都学习钢琴这么久了，要是半途而废就太可惜了。

她现在坚持每天练琴，几乎不用提醒。有时想偷懒，妈妈的温馨提示没用的话，爸爸再站出来批评，也是采用温和鼓励的方式。明年又是三年一次的钢琴比赛。女儿自己说："要是这次不能被推荐参加州一级的比赛就糟糕了。这是最起码的。"2014年的初赛她得了二十三分，被推荐至州一级的比赛，拿了个二十二分。比上不足比下有余的成绩，老师家长和她自己都满意。孩子坚持学琴、愿意练琴和喜欢弹琴比成绩和名次更重要。

从小到大，孩子因为钢琴而获得的乐趣实在不少，不胜枚举。小学时，孩子们早课时围圈谈论自己的周末经历，女儿讲起自己钢琴比赛得了满分第一名，老师带领同学们为她鼓掌，她开心极了，回家一进门就兴奋地告诉我。老师带领孩子们参观教堂，牧师问哪个孩子会弹琴，同学们欢快地呼叫出女儿的名字，她大大方方地在教堂的管风琴上弹奏她正在学习的曲子，获得大家的阵阵掌声。小朋友们来家里玩耍的时候，央求她弹她们指定的歌曲。她去小叔家探亲的时候，主动教堂弟堂妹弹琴。她在中文学校的春节联欢晚会上表演钢琴，照片上了中文报纸，她很高兴。在老师带领下参加各种公益演出，还去不同的城市表演。夏天有夏季音乐会，冬天有圣诞音乐会。到了中学，她分别加入学校和音乐学校的管弦乐团，与孩子们一起排练和演出，体验合作演奏的乐趣，培养团队精神。秋假期间参加为期一周的钢琴大师班，结识了新朋友。学音乐的孩子们聚在一起上课、练琴和演出，嘻嘻哈哈，乐在音乐的美妙和集体的温情中。十一岁的时候，她一个人飞回中国探望外公外婆。在阿姆斯特丹转机的时候，空乘人员领着她走过长长的通道，看见旁边一架漂亮的三角钢琴，不经意地问她："会弹琴吗？""会。""想在这里弹一曲吗？""好啊。"叮叮咚咚的钢琴声在人流如织的大厅里响起，引来过往旅客的驻足、倾听和掌声。圣诞节，邻居邀请她为附近教会组织的一场盛大的圣诞晚会演出，来宾众多，掌声如雷。表演之后，孩子得到一份不菲的演出费，这是她事先没有想到的。她感到很高兴，自己的劳动获得了认可和报酬。她也颇有自知之明，礼貌地谢绝了一位在场的年轻人邀请她参加爵士乐队的好意，她觉得自己没有那么多的时间练琴，另外，她不像妈妈那么喜欢爵士乐。再说，当下她最喜欢的不是骑马和画画吗。

通过学琴，孩子不仅学习到了与音乐相关的各种知识，还收获了诸多的友好与善意，乐大于苦，叩开了一扇通往美好未来的大门。

她还会坚持学琴多久？明年的比赛会怎样？这些问题现在都不重要了。不知不觉间，她学琴已然八年多了，带给我们母女数不清的共同记忆，有苦有甜，快乐远远大于苦恼。

上次还课，钢琴老师兴奋地问我："你发觉了吗？她最近进步显著，弹琴富有表现力了。"我开心地答道："是啊，我也觉得了，她弹的肖邦夜曲真好听啊，富有感染力，把我完全迷住了，我都不用去音乐会了。"

钢琴比赛的故事

在德国，但凡提到"Jugend musiziert（青少年音乐比赛）"，家里有琴童的人都不陌生。大名鼎鼎的德国小提琴家安妮－索菲·穆特（Anne-Sophie Mutter）就曾多次参加过"Jugend musiziert"，并大获全胜。这个比赛包含乐器和声乐，大致分为单人（独奏、独唱）、双人（二重奏、四手联弹）和小型乐队（三重奏至多重奏）三种比赛形式。这个比赛每年都有，各种比赛项目每三年轮一次。这样的间歇有利于参赛者休养生息，不给孩子和家长造成过度的压力。

迄今为止，女儿参加过四届"Jugend musiziert"，包括三次钢琴独奏和一次四手联弹。女儿不到六岁开始学习钢琴，她的第一位钢琴老师是俄国人，要求非常严格，严师出高徒，这话有一定的道理。学琴一年后的 2011 年，女儿首次参加 Klavier Solo 钢琴独奏比赛，属于最小的年纪组（Altersgruppe 1A），按规定需要弹奏两支不同音乐时代的曲子，她弹奏的是莫扎特的小奏鸣曲和普罗科菲耶夫的华尔兹，加起来六分半钟。最小的两个年纪组 1A 和 1B，只参加 Regionalwettbewerb（地区性比赛）就大功告成了。

参加比赛有参加比赛的益处，能让孩子见识外面的世界，帮助孩子找到自信。比赛前，女儿上钢琴课，常被严厉的老师批评得眼泪汪汪，不是没练够，就是没练好；弄得我也垂头丧气，暗暗责怪自己教女无方：太宽松和放纵了，邻居孩子来按铃就放她出去玩，上课时间与同学生日会撞车就请假不去。有时课后我们母女俩都不开心，我一方面给孩子鼓劲，一方面质疑自己如此"猫妈"，怎么培养得出吃苦耐劳的孩子。这次比赛，出乎我们的意料，女儿得了第一名，满分二十五分。比赛前，老师还在吓唬她："你这样瞎弹，这样不用心，小心我取消你比赛的资格。"现在回想，不到七岁的孩子，当时心里一定打小鼓吧，怪可怜的。感到欣慰的是，我们做家长的没有"为虎作伥"地一起去打压她，而是亲吻她脸颊上的泪水、抚摸她稚嫩的小手、拥抱她小小的身体，安慰和鼓励她。也许，老师采用了一套对女儿那个年纪的孩子有效的教育手段，见仁见智吧。至少比赛的结果皆大欢喜，女儿兴奋得小脸通红，昂起头，抬起脸，开心地说："Papi，妈咪，我还是不错的。"

2014 年，在德国老师的指导下，女儿第二次参加地区性比赛，这个年纪组（Altersgruppe II）的孩子，如果得到一等奖并且二十三分以上，便有资格参加州一级的比赛（Landeswettbewerb）。学琴的过程中，孩子们也在体验何为挫折和失意，认识到强中更有强中手，有时觉得自己已足够努力了，甚至老师也觉得你足够完美了，但结果却差强人意，甚至大失所望。这次比赛，同组的第一名是位日本女孩，获得二十五分，女儿和另外三个孩子得了二十三分，一起晋级州级比赛。钢琴老师对女儿的评分愤愤不平，认为评委有眼无珠。这样的事情永远都在发生，总有老师觉得自己的学生是最好的，应该得到最好或更好的分数。三年前的比赛，这位老师的一位学生与女儿同组，得了二十三分，当年的他也是这么愤愤不平的。

州级比赛就没有那么轻松了，共有六十一名十一二岁的孩子入选，弹与初赛相同的曲目。赛前女儿主动给自己卸包袱："我肯定不行的，Marie 姐姐和我同组呢，她弹得那么好，又是少年大学生，妈咪，我可能会很差哦。"我安慰她："没关系，尽力就好啦。如果有进步，就达到目的了。"还给她提出了目标："地区级比赛的时候，本来希望你拿二十五分，结果二十三分，也不错啦。州级比赛对你放低要求，能得二十三分就可以啦，"我故作轻松地说。内心里想：照你这样的练法，难！再说与聪颖又努力的 Marie 相比，女儿差的不是一分两分。反观自身，我这个当妈的，散漫率性，比起严谨严格的 Marie 妈妈，差的也不是一点两点。自己如此，何必严苛孩子。

这次比赛女儿弹的三支曲子分别是海顿的奏鸣曲、李斯特的练习曲和巴托克的舞蹈组曲中的乐章，总共十分钟。两次比赛间隔七周，老师反复给学生打磨曲目，女儿心里盼着赶快比赛完事儿，参加比赛多少会有心理压力，不如平时学琴轻松惬意。

果不其然，Marie 姐姐鹤立鸡群，获得二十五分的好成绩，与另一位华裔少女并列第一。二十三分以上的孩子一共十位，荣获一等奖。女儿得了二十二分，虽然遗憾，只能坦然接受，这就是她的真实水准。我们安慰她，比上不足比下有余；同时表扬她，为比赛付出了比平常更多的时间和力气，承受了两次比赛的心理压力，终究是不容易的。

我们全家向 Marie 姐姐表示衷心的祝贺，她真是个了不起的孩子，一分耕耘一分收获，名至实归。女儿意识到，即便在两任钢琴老师口里，自己的天赋和乐感都不错，但真正拉开差距的是各自的不同选择和努力程度。Marie 姐姐在音乐上，选择了一条更少人走的路，也是一条更艰苦的路，小小年纪就成了音乐学院的少年大学生，为之付出了更多的汗水。如今，她的付出得到了回报。世上没有随随便便的成功。

人与人的天资参差不齐，而起决定作用的是后天的勤奋。而有人可能比你更聪明，同时还比你更努力，这就是比赛在无形中告知孩子的道理。

今年，女儿第三次参加独奏比赛，进入青春期的孩子，对自己的喜好和愿望有了更多的了解，并且主意更大了，不会再懵懵懂懂地跟随父母的旨意了。

通过观察和交流，我们得出结论：女儿喜欢表演钢琴，喜欢上钢琴大师课，喜欢参加乐队的合奏，但她始终不喜欢练琴，缺乏吃苦耐劳的意志和勤学苦练的精神，缺乏对钢琴更多的热爱和更大的激情。这种情况下，我们只能耐心地"随顺"她了，不跟叛逆期的孩子"一般见识"，更不和她"锱铢必较"，只把道理跟她讲清楚：学不学琴，参不参赛，都由她自己决定，父母各方面的资质和水平有限，只能帮你这么多了，以后的路得你自己走，只有自己心甘情愿做的事情，才能做好。

随着时间我们愈发看开了，即便她以后不再继续学琴，这八年来的学琴生涯也是全然值得的，对她各方面的成长和发展起着潜移默化的正面作用，那么多温馨美好的记忆，已然深深地铭刻在她的脑海里，会陪伴她一生的。就更别说学到的乐理知识和钢琴技艺了。

人说世事无常，学琴也是如此，能走到哪一步，就是哪一步，何况已走得这么远了，见解与视野已截然不同。

为了备战这三年一次的比赛，老师为女儿挑选了贝多芬和普罗科菲耶夫的奏鸣曲各一首（弹奏其中的一个乐章）；德彪西的《版画组曲》（*Estampes*）里的第二首《格拉纳达的黄昏》（*La soirée dans Grenade*），那叮叮咚咚的美妙乐音勾起在西班牙旅游的记忆，唤起对格拉纳达的神往，那里矗立着古老恢宏的布拉宫，弥漫着英国作家维多利亚·希斯洛普小说《回归》里的感伤气氛。

女儿在老师的悉心指导下，在地区级比赛再次拿到二十五分，拔得头筹，这对她是个巨大的鼓舞，老师深感欣慰。

我们再次希望她能够在州级比赛中拿到二十三分。时隔三年，她所在的这个年纪组（Altersgruppe III），如果获得二十三分以上，将有资格参加更高一级的比赛，即 Bundeswettbewerb（德国联邦比赛），这也是德国"青少年音乐比赛"的最高级别。

我向往着陪同女儿一道去 Paderborn 参赛，见识一下联邦比赛的场面，感受一下德国优秀的年轻琴手们同台竞技的氛围。女儿笑着打趣道："妈咪，你当然想去啰，免费听音乐会呗。可我就太受累了。"

这个不愿受累的十四岁少女，盼着赶快赛完了事，赛前心浮气躁，无法好好静心练琴，结果重蹈覆辙，只得二十二分，让我的"联邦比赛体验之旅"化为泡影。

不知三年后女儿是否还在学琴，是否还愿意参加"青少年音乐比赛"，更不知她是否会如我所愿，静下心来，勤学苦练，让我过一把旁观"联邦比赛"的瘾。

过去心不可得，现在心不可得，未来心不可得。

也许父母唯一能做的就是，在一旁静静观赏孩子的成长，予他陪伴，给他牵引，为他祝福。

入乡随俗的那些事儿

入乡随俗，不光是中国人的讲究，德国人也兴这个，他们有句谚语，andere Länder, andere Sitten，译成中文就是：不同的国家，不同的风俗。

到德国转眼二十一年了，快赶上生活在中国的年头了。入乡随俗于我，意味着什么呢？是不是讲一口流利的德语，看德国电视，听德语广播，读德文书刊，参加德国派对，就是入乡随俗呢？是不是对德国的社会现状体察入微，对其历史文化侃侃而谈，对名人明星如数家珍，喝德国啤酒，开奔驰宝马，雇德国员工就是入流呢？

我觉得真正的入乡随俗，不是邯郸学步，亦步亦趋，像德国人那样思维、思考和思辨，或者穿一身欧洲风，哼唧着德国民谣，讲一口贝肯鲍尔式的巴伐利亚德语，开口德累斯顿歌剧院，闭口慕尼黑老美术馆；你可以一如既往地吟诵心爱的唐诗宋词，习古筝吹长箫，练气功唱昆曲，大啖重庆火锅，浅酌二锅头，而非德国猪腿和杜塞尔多夫黑啤，沉迷"修长城"胜过玩轮盘；这些中国风的做派，在西方人眼里别有风趣，孔圣人的后代不该就是这样的东方韵味十足吗？

经历过的几件小事至今未忘，它们给我的启发是：融入一个陌生的国度，最重要的是知道和了解这个社会的规则和习俗，然后遵守和遵从，这是入乡随俗最本质和最基本的东西。

1993年圣诞前夕，男友在一家大型连锁超市打工。有天，他乐不可支地告诉我，超市内部卖给了他两辆崭新的自行车，让我明天下班的时候去接他，然后一道骑车回家。那时到德国刚一年多，没想过买山地车这样的奢侈品，纯属捡了个便宜货，因为车身上有擦痕，所以按照内部规定准备扔掉，（我猜想主要是为了防止人为破坏，才制定出这样的规定，就是任何有损坏的商品，一律不能打折卖给员工，而是一股脑儿地扔进封闭型的铁皮垃圾箱，当作特殊垃圾清理掉），男友觉得实在太可惜了，便斗胆一问。德国同事看他一个年轻穷学生，就去请示上级，于是特批五马克一辆卖给他两辆，因为他说有个女朋友，也是中国勤工俭学的留学生，想周末一道骑车出游。

我俩兴高采烈地骑着油光锃亮的山地车回家，在离家不远处的三十公里区域，是两条较窄的单行道，中间则是参天的大树和宽阔的步行区，每周一、三、五都有自由市场，卖各种各样的新鲜食物。突然，我们听到一声大喝："单行道！！！"我俩都愣住了，这才意识到我们在单行道上逆行骑自行车，这不仅不安全，而且违反交通规则。刚才大喝的司机已经开远了，我们匆忙离开单行道，换到正确的车道上。对刚才陌生男人的断喝不仅没有反感，反而由衷感谢他把我们唤醒。除了感谢，还有对可能发生意外的后怕和因无知而违规的内疚。

那时我们还没有考驾照，在中国学自行车时，无论北方的他，还是南方的我，都没有接受过系统的骑车安全教育，没有单行道逆行的概念。今年春天，女儿小学四年级时，德国学校进行了统一的自行车驾照教育，还有正儿八经的路考，由老师、警察和家长们一起，守在每一个路口打分。我这才进一步了解到，德国人对孩子的交通规则教育是多么的仔细和严谨，难怪德国成为举世闻名的交通礼仪大国。

说起来，我们是在国内接受过大学教育的人，具备一定的素质和修养，但由于初来乍到，和交通常识的匮乏，第一次让德国人"刮目相看"了。六年后，我们虽然早就在驾校系统地学习过交通规则，通过了理论考试，拿到驾照也好几年了，但一不小心又犯错了，被较真的德国人逮了个正着。

　　1999年夏天，我们搬进了一处环境绿化不错的居民小区。有一天，尚无孩子的两个丁克开着车出门逛荡，快到小区出口的地方，两位正在聊天的德国女人招手示意，把我们拦了下来，其中一个不愠不火地说："你们不觉得自己开得太快了吗？你们难道不知道吗，在我们这样的居民小区，最快只能开七公里？"我们当时压根儿忘了七公里这个茬儿，但马上意识到自己错了，德国人不会凭空捏造的，于是立马表示歉意，说以后一定注意，不会再在小区里开快车了。是的，她说得一点儿没错，我们念驾校时也学过和考过，在竖有蓝色牌子的居民小区，汽车的速度应该是行人步行的速度，也就是每小时七公里的样子。这条规则主要是为了降低噪音，保障小区的安静，为了所有在小区里散步的、骑自行车的和遛狗的居民们，还包括狗狗们的安全，尤其是为了在小区内玩耍的孩子们的安全。我们虽然以前在驾校的课本上学到过这条交规，但在实际生活中甚少碰见这样的情况，即在竖有蓝色牌子"安静的居民区"里开过车，于是这条交规被我们无意间忽略了。这位女士的"多管闲事"，不仅没让我们反感，反而让我们佩服她的当仁不让，而对我们自己行为的失当则感到歉疚。后来我得知，她是一位会计师和两个孩子的母亲。无论是出于母亲或者公民的责任感，还是为了小区的安宁和孩子们的安全，她拦车提醒，都值得尊重。

就事论事，错了就是错了，及时坦承和改正错误，遵守规则，恪守礼仪，在我看来，就是入乡随俗最重要的一部分。

另外一件刚搬到这个小区发生的事情，让我对入乡随俗有了另一份理解。那时，我们每天早出晚归地忙工作，连邻居们的姓名和面目都还没有一一弄清楚，更别提他们大大小小的孩子们了。一天，一位紧隔壁的邻居来问我，附近一家邻居的孩子马上要正式加入教会了，大家准备凑份子给孩子买件礼物，你们家愿不愿意参加？份额可大可小，在某个范围内可以自己决定。尽管我当时没太明白那是个什么样的入会仪式和活动，是天主教还是新教，是哪家的哪个孩子，但明白了这是一件对德国人来讲郑重其事的大事情和凑份子的中心思想，于是爽快地应承下来。因为这件不足挂齿的小事，邻居们觉得这家中国人慷慨大度。他们以小见大，认为我们自己虽然不信教，但随和可亲，知书达理，愿意和他们打成一片，于是对陌生的我们有了认同感。借助这样一个良好的开端，形成了和睦友爱的邻里关系。弹指十四年过去了，颇为顺心如意，不仅我们自己受益，孩子也获益匪浅，邻居们都珍爱地说，我家女儿是大家乔迁新居后出生的孩子，是邻居们看着一点点长大的，对她喜爱有加。

入乡随俗，既是对异国礼仪习俗的尊重，也是对他乡规则和规矩的恪守。

我们每一天都在接触和学习新的东西，每一天都在不断地吸收知识，提升自己，而入乡随俗渗透在日常生活中的点点滴滴，成为修身养性的一部分。

入乡随俗，既是一件小事，也是一件大事，体现了一个人的认知和见识。做得好，有助于一个人的成功和快乐，做得不好，或许会影响一个人的心情，甚或心境。

也许，活在当下，做好自己手头上正在做的事情，无论是工作也好，学习也罢，还是相夫教子，游山玩水，做最好的自己，入乡随俗也就水到渠成了。

家长会

在德国，从幼儿园、小学到中学，家长会均分为集体家长会和单独家长会。学生的私人情况，无论表扬还是批评，包括成绩好坏、表现优差，均不在集体家长会上谈，属于单独家长会的内容。

一般一学期举行一次集体家长会。会上大家匿名投票选出家长正副代表，参加选举的家长要么是毛遂自荐，要么是由别的家长提名。家长代表的任务是协调家长与老师和学校之间的关系，促进双方的沟通与互动，组织学生和家长的课余聚会，以及收集和管理班费。班费一般每学期五块欧元左右。其中一项主要支出是给老师送生日和圣诞节礼物，表达尊师之意和谢师之情。家长代表负责为老师置办礼物，然后以全班同学的名义送给老师。礼品价值不高，约二三十欧元左右，通常是一束花、一张书店的购物券或一盒精美的巧克力，聊表寸心而已。学生们约定俗成不单独给老师送礼，一来节省了家长的精力和金钱，更重要的是避免了暗自攀比和溜须拍马。别小看了学生给老师送礼这件不大不小的事情，校园里的公正和教育中的公平往往是由生活中点点滴滴的小事情构成的。

幼儿园的集体家长会轻松愉快，家长们在某个阳光明媚的午后，坐在孩子们的小桌子旁、小椅子上，四周都是琳琅满目的玩具和画片，仿佛置身于小人国。老师准备了咖啡和糕点，家长们互相做自我介绍，因为差不多每学期都有新同学加入；然后听老师或园长介绍幼儿园的情况、有什么样的园规，比如最晚不能超过九点入园，孩子们得轮流值日，负责收拾餐桌；还规定去户外玩耍前，学龄儿童得协助刚入园的新同学穿外套和鞋子，碰上雨雪天气，还得帮小同学穿上雨衣，套上雨裤和雨靴。老师只负责在旁边口头指导，大孩子小孩子都得自己动手。这样既锻炼了大同学（也不过六岁而已）帮助小同学的能力，也增进了老同学与新同学的亲近。有一次我去幼儿园帮忙，偶然看见这样的场景，大大小小的孩子们忙成一团，老师悠然自得地坐在旁边观察和指点，煞是有趣。这样的寓教于乐，让孩子们从小在玩耍中学会善待和帮助比自己弱小的人，比教授一些空洞的大话和灌输一些与日常生活不相干的口号要来得实际和有用。

其中的一次家长会给我留下了深刻的印象，那次园长来参加了，她在会上说，希望家长们有任何意见和不满时，及时向她本人或者老师反映，以便她们找出原因和解决办法，而不是私下交头接耳，闹得沸沸扬扬，这样于事无补。大家的愿望不外乎孩子们有一个公平健康快乐的成长环境，家长会的意义就在于消除误解、增进相互间的了解和理解，然后就事论事，共同来解决出现的问题。

从小学开始的家长会少了茶话会的感觉，多了一份严肃和庄重。班级上的学生固定下来了，班主任老师一般三四年不会更换。每次集体家长会都由一位家长负责做会议记录。一般来讲，总会有那么一位当仁不让的家长自告奋勇来承担此项工作。会后，大家会收到这位家长的群发邮件，上面罗列了会议的主要内容，和一些重要的放假或活动时间，比如狂欢节的玫瑰周一和游乐场开放的周一学校放特假、圣马丁灯笼游行和班级的圣诞节摊位各在哪一天举行等等，这对于那些缺席的家长是一个很好的帮助。

集体家长会上，老师主要谈这一学期的教学内容，德语、数学、英语等科目各学到什么程度，需要置办哪些课本和学习用具，有什么样的竞赛，比如英语、数学和体育竞赛，如何准备和参加；讲的都是大家普遍关心和想要了解的内容，然后解答家长的困惑和疑问。这种集体家长会多半在学期初举行，主要用途是传达信息，交换意见。在会上，老师绝口不提孩子们每门功课的具体分数，也不公布考试排名，更不会单独提到某个孩子的成绩或表现，不管是批评还是表扬。家长们大可不必为此脸红或沾沾自喜，这都属于孩子们的隐私，属于单独家长会的内容。

无论是在小学还是中学的家长会上，老师都贴心地提到，如果有家庭在购买教材或缴纳春游的费用上有任何困难，请私下联系老师或校长，学校将给予经济补助，并为此保密，故有困难的家庭不必顾虑。我记得曾经转账过的中小学教材费用每学期大约在十五欧元左右，孩子们外出春游的费用，包括来回大巴费和两三天过夜的费用，大概一百欧元上下。

例行的单独家长会也是每学期一次，家长从孩子们带回的表格上挑选自己合适的时间段，具体谈话时间则由老师决定。这种一对一的家长与老师的小会，孩子可以随父母一起参加，一般情况下十分钟为宜。这样的私人家长会里，老师对于成绩优异、表现出众的孩子，会不吝赞美之词；对有问题的孩子，也就不留任何情面了，会一五一十地陈诉和指引。如果家长觉得孩子情况特殊，需要比十分钟更长的谈话时间，那么就得另外约时间。如果有突发状况或家长认为有必要，当然可以在学期中的任何时候单独约见老师，而老师也可能随时请家长到学校谈话，不拘泥于例行家长会的时间。

德国人非常重视家长会，常常父母双方都出席，有的是离异的父母同时到场，有的是父母的新伴侣也跟着去听。每次大家都要签到，选举时老师特意说明，一个孩子一张选票。有的德国人还带着小本子做笔记。他们最关心的问题之一是老师缺课怎么办。女儿小学的时候，遇到班主任老师怀孕，德国法律的规定是，为了母婴的健康，一旦班级里有孩子得了猩红热这样的传染病，怀孕的老师就得在家休息。那一学期，她们班缺课不少，因为难免有孩子患病。本来德国小学就只上半天课，中午一点半就放学。这一来，上课时间就更少了，家长们怨声载道，家长代表去学校反映，学校也很犯愁，因为师资不是学校可以解决的问题，有时候能够找到代课教师，有时候只能放羊。后来这位老师开始休产假，来了一位更年轻的女老师，这样缺课的情况才有了根本好转。

女儿现在读德国中学二年级（相当于中国小学六年级），上周又收到了学校发来的单独家长会通知书，满满一张 A4 纸的说明，中心思想是：这样的家长会，每个家长只有十分钟的谈话时间，家长可以申请与任何一科的老师谈话，但老师在安排时间时，会优先考虑那些学习或别的方面有问题和有困难的同学。如果这次没有约到时间，而家长觉得有谈话的必要，那么请另约时间。

集体家长会简单，不用动脑筋，带着耳朵去听就够了，去了就是尽到了义务和责任。而中学的单独家长会，不同于小学时候的，那时只与班主任一人交流即可，例行公事一般走一趟，没有什么选择和被选择。而现在，中学的科目老师变多了，孩子的功课参差不齐，约还是不约，约哪一位老师，谈什么具体内容，这都得好好考虑考虑。

丰富多彩的圣诞活动

每逢圣诞新年临近的时候，也是德国家长们最忙碌的时候。除了给孩子们置办圣诞礼物，还要参加不胜枚举的与孩子有关的圣诞活动，比如音乐学校的圣诞音乐会、中学的圣诞音乐会、"圣诞老人日"骑马比赛、高尔夫球俱乐部圣诞滑雪、中文学校圣诞早餐、圣诞市场班级一日游等等。

德语中有个词，叫作"Weihnachtsstress"，意思就是"圣诞节的压力"。这种压力和负担，既可能造成精神上的紧张，也可能形成体力上的超负荷，但处理得宜，所有的忙碌和负担都可能转化为一种甜蜜的情绪和愉悦的感受。

德国正常家庭里的孩子从小就感受到圣诞节的温馨和快乐，与父母一起逛圣诞市场，在祖父母的指点下烘烤圣诞小饼干，与兄弟姐妹一起装饰圣诞树。在圣诞夜的晚上，一家人其乐融融地围坐在一起，吃祖母或母亲拿手的圣诞大餐，然后拆礼物，玩游戏，唱圣诞歌，聊天，看电视，上教堂或者待在家里，度过一个温暖而难忘的夜晚。

无论幼儿园还是小学，圣诞期间一般都会举办各种有趣的活动，记得女儿上幼儿园的时候，曾经参加过一次晚上举办的圣诞聚会，题目是"烛光之夜"。寒冷的冬日，夜幕降临，幼儿园却弥漫着温暖的橘黄色烛光。大人们牵着孩子的小手陆陆续续到来，但见窗台边桌子上摆着各式各样的烛台或盛放着小蜡烛的玻璃瓶，墙上也挂着漂亮的圣诞灯饰，光影婆娑，影影绰绰，十分温馨浪漫，与大天白亮时见到的幼儿园迥然不同。每个班级的教室里都充满了圣诞的气氛，到处摆放着孩子们在老师带领下自制的圣诞装饰品，其中包括盛放小蜡烛的玻璃瓶罐，上面贴着亮晶晶的圣诞星，在烛光摇曳下熠熠生辉。家长们围坐在一起聊天喝咖啡吃圣诞糕点，孩子们兴奋地穿梭在走廊和不同的教室，参加一些小游戏，大人孩子各得其乐。

"圣诞日历"是德国孩子过圣诞节必不可少的内容，一般是一个绘制着圣诞图案的、色彩鲜艳的巧克力盒子，上面有二十四扇小窗户，从 12 月 1 日起，孩子们每天打开一扇窗，取出其中的巧克力，一天一天地开窗户吃甜点，一天一天地盼望着圣诞节的临近。有的家长给孩子自制圣诞日历，里面摆上自己挑选的小甜点、小干果或小玩具。这样的仪式感、这样的传统在德国代代相传，驱散了冬日的阴霾与寒冷。

孩子们不但在家里有自己的专属"圣诞日历"，而且在幼儿园和小学里，老师们也每年给自己班级里所有的孩子制作一个全班共有的"圣诞日历"。从 12 月 1 日开始，到放圣诞假期为止，每天有一个孩子得到一份小礼物。这些小礼物，可能是甜点，也可能是玩具，装在红色的小棉靴里，排成一溜儿，高高地挂在天花板上，秘而不宣，充满了悬念。孩子们每天都有所期待、有所盼望，要么盼着快快得到属于自己的那一份礼物，要么好奇今天该轮到谁，里面装着什么。一双双滴溜溜的小眼睛，盯着老师取下当天的圣诞礼物，美好的一天就这么开始了。

女儿今年十一岁了，每年都得到属于自己的"圣诞日历"，有时候还好几份。我是个懒妈，不愿去花时间给她准备二十四份小礼物，再动心思一样一样放进二十四个"圣诞日历"的布兜里，太费时费事费神了。我也从来不去买,因为每年在12月前夕,我们公司都会收到不同供货商赠送的"圣诞日历"(由此可见,"圣诞日历"在德国是多么受欢迎,童年情结?呵呵),我就"借花献佛",转手送给女儿。有时候,她甚至都来不及一一打开,结果过了24号之后,我就一扇窗一扇窗地掰开,清查"漏网之鱼",有时嫌费事,把整个盒子打开,发现好多漏开的小窗户。有一年,我突然良心发现,觉得她小小人儿不应该一人拥有多份"圣诞日历",让她觉得一切来得太容易,或滋生唯我独尊的骄奢之气。于是,她只能得到一份,我和老公共同分享一份,多余的统统赠送清洁女工或员工。老公对圣诞日历无感,压根儿没有那个闲情逸致去每天开窗户,还得找日期,指头也不够灵巧。我则很欣赏德国人制作"圣诞日历"的童心盎然和匠心独运,内心里的小女孩也很享受这样一天天地数日子的过程,有趣又甜蜜。

女儿十一岁,已经上德国中学二年级了。从上中学开始,他们的"圣诞日历"有了新内容。老师不再为每个孩子准备礼物了,他们慢慢长大了,该自己操办礼物了。当然不是自己送自己,这样做不仅无趣,而且没有任何意义。成年人可以送自己礼物,作为对自己的安慰、鼓励或犒劳。但小孩子应该从小学会关爱他人和给予他人。老师给孩子们的任务是,先抽签,每个孩子必须给抽到名字的同学准备一份小小的圣诞礼物,金额最好不要超过五欧元,然后所有孩子把礼物交给老师,一并放进教室后面的柜子里。从12月1日开始,每天有一至二位孩子得到同学送的礼物,直到圣诞假期的前一天。女儿得到一个很可爱的圣诞老人的装饰品,是同学在圣诞市场上为她精心挑选的。前不久,我在家里布置圣诞装饰的时候,把它取了出来,摆在她的钢琴上,其左右是巴赫与贝多芬的白色石膏像,看上去既有色彩的对比,也有一丝喜感。女儿练琴时无意间抬头看见了，不禁喜笑颜开，快活地说："妈咪，这是去年我同学送我的圣诞礼物耶！"多么美好的童年记忆，可以陪伴人一辈子。

去年的礼物是我做主为她同学置办的，她和同学都很满意。但今年轮不到我发表意见了，孩子好像一下子长大了，自己拿主意了。她直接给我下达任务，去药店给她同学买一个高科技的暖手东东（Händewärmer），最好是有圣诞装饰的。人不大，要求还蛮高，我心里嘴上一起嘀咕，但其实蛮欣赏她的点子。于是，我这个"二十四孝"妈妈兴冲冲地去了平时最喜欢的那家药店，还真买到了绿色圣诞树模样的暖手魔器，好可爱哦，都想给自己买一个。这种暖手器几年前我给女儿买过五个，当时是钢琴老师要求的，在比赛之前给孩子暖手用。我很高兴顺利完成了任务，比老师要求的金额稍多了一点点，但我觉得在合理的范围内，既满足了孩子的愿望，也没有过分之处。半大的孩子，没有完全懂事，最好不要让其觉得物质上有特别的优越感，或者极度的自卑感。再说，人性本不善，小孩子也是会有嫉妒心或"仇富"心理的。我前几天问："怎么没有看见你得到的礼物呢？你同学喜欢你送的礼物吗？"女儿说："还没有轮到我们呢，每天老师抽签，抽到谁的名字，谁就得。"是哈，我都忘记了，班级"圣诞日历"是要排队的。而抽签是德国人公平对待每一个人的一种方式，得到大人小孩的广泛认可。现在，我和女儿一起好奇着，她将得到什么样的圣诞礼物，同时期待着，她的礼物会给同学带来怎样的惊喜。

女儿小学的时候，差不多每年圣诞假期前的最后一周都有家长聚会。家长们提着篮子，里面装着杯子、餐具、饮料和糕点，大家八仙过海各显神通，有一点点圣诞聚餐的架势。很多家庭都是父母双双出席，离异的父母有的也是各自出席，还带着自己的新伴侣，甚至襁褓中的新生儿。小弟弟小妹妹也跟来凑热闹，而大哥哥大姐姐则是不屑于参加的，一是他们足够大了，可以自己待在家里，二是他们觉得这样不够酷。

家长们围坐在孩子们平时上课的教室里，室内飘散着茶叶咖啡和圣诞姜饼的芬芳，桌上的圣诞蜡烛燃着温暖的火苗。每次的活动都有一个主题，我记忆犹新的是，他们三年级的时候，是做有关各个国家的人如何过圣诞节的报告，大的框架是"不同的民族，不同的风俗"。孩子们在自愿的基础上，分成若干小组，每组大约三到五个孩子，有的组只有两个孩子。老师会适当地进行干预，把学习程度不尽相同的孩子分派在同一组，这样，每组自动会出现一个负责较多的孩子。能者多劳的原则到哪里都一样。女儿这组选择的国家是中国。写到这里，我去地下室里找到她们当年做报告的红色厚纸板。仔细一看，发现上面的五星红旗少了一颗星，变成了"四星红旗"，当时竟然没有发现，只惊异于德国小学三年级的学生，就开始自己上网查找资料和书写简单的报告；然后一组一组走上讲台，手执自制的报告板，面对家长和老师，大大方方地侃侃而谈。每个孩子都要讲述其中的一个或两个段落，事后由老师给出不等的分数。女儿是小组的主笔，现在回头看到她稚嫩的笔迹，看到几个孩子一起着色和粘贴的地图和用红纸与金星拼贴的五星红旗，特别是五个标题下的符合中国人如何过圣诞节的具体内容，让人直观感受到德国人简单务实、不枯燥、寓教于乐的教学方式。

每一年的圣诞聚会内容都不重样，记得他们小学毕业那年，也就是两年前的圣诞聚会，孩子们表演的是简单的音乐剧。当我听到那熟悉而优美的旋律时，有些吃惊，有点感慨：小小孩子就开始这样的音乐表演，只是歌词改写成符合孩子们年纪的词句。每个孩子都分派到一个角色，每个孩子都在台上歌唱、朗诵、表演和微笑。女儿得到一个次要角色，扮演小星星，小星星不止一颗，由好几个孩子同时扮演。而班上一个平时各方面都比较弱的、动不动生气和哭泣、在其他孩子们眼里不那么酷的女同学唱主角。女儿有点儿不乐意，嫌别人没有她嗓门儿大，没有她唱得好，老师不公平。我批评并宽解她："从二年级起，你每年都在圣诞市场或圣诞聚会上拉小提琴，要么给同学们伴奏圣诞歌曲，要么和别的几个同学组成小乐队（她的同学中有弹吉他、吹小号、拉手风琴和学打击乐的）表演，别的孩子们为你鼓掌，向你祝贺，他们没有因为自己没有拉小提琴而不高兴。不是谁永远都是主角和中心。我觉得老师这样分派角色是正确的，那个孩子平时内向，不爱发言，还时不时被同学们冷落。老师给她这个机会，是为了锻炼她、鼓励她，你们平时在学校里，不是最爱讲公平这两个字吗？老师这样做，我觉得就是公平。"

　　一篇文章真写不完德国孩子们丰富多彩的圣诞活动，比如就在昨天，女儿班级去我们小城的圣诞市场上练摊了，不仅卖了东西，收了银子，还走上大街，为白俄罗斯的孤儿院募了捐。这是孩子们破天荒头一遭自己在圣诞义卖摊位上当家做主，而不是家长和老师守摊。她回来后津津乐道，对我不厌其烦地讲述了一遍，等到她爸晚上下班，她又不厌其烦地重复了一遍。如果各位有兴趣了解，下篇再娓娓道给你们听。

　　（备注：收笔后打趣女儿她们当年制作的"四星红旗"，女儿一本正经地说："当时是五星，后来掉了一颗。我们查了资料的，知道是五颗星。妈咪，你以为我们那么笨吗？"好在事后"调查"了一下，只好说"对不起，是我弄错了"，特此说明。）

小学生的喇叭筒

德国孩子在小学入学的第一天，双肩背着新书包，怀里抱着一个引人瞩目的喇叭筒，神气扬扬地去上学。路上行人纷纷停下脚步，报以会心的微笑和友善的目光：小人儿的玩耍生涯结束了，面临着系统的学校教育和管理了。

孩子们的喇叭筒大小各异，有的是家长在文具店、书店或超市采买的，有的是家长自己动手制作的。图案各不相同，色彩缤纷。有的是动画片上的卡通形象，如米老鼠、唐老鸭或狮子王；有的是童话故事里的人物，如白雪公主和青蛙王子；有的是孩子们喜欢的动物，如猫狗牛羊马；还有的体现了孩子当下的爱好，踢足球、跳芭蕾、开警车、砌城堡等等。

女儿入学的时候，我和两位德国妈妈一起，买来制作喇叭筒所需的材料，亲手为孩子制作喇叭筒。女儿喜欢马，她的喇叭筒和书包一样，也是以马的图案为主。圆锥体的筒身焕发着彩虹般的靓丽，一匹奋蹄飞奔的骏马披着长长的马鬃，飘逸的蓝色马尾与同色马鬃相映成趣，头顶直立着一个银光闪闪的螺旋角，可爱极了。

喇叭筒周身粘贴着六个栩栩如生的马头，那温柔的眼睛、逗趣的朝天鼻和紧抿着的嘴唇是用铅笔勾勒出来的。银色的太阳、月亮和星星错落有致地分布在筒身空隙处。蓝色的"荷叶"从筒口冉冉"升起"，一朵洁白的"莲花"从中"盛开"，腰间扎着质地不同的粉红色束带，缎带上印制着马头造型，与筒身交相辉映。

另外两个男孩子的喇叭筒体现了他们当时的喜好，一个是挖土机的造型，一个是太空人的图案。我们三位妈妈一边絮絮地聊天，一边专注地剪着、折着、画着、粘着，忙得不亦乐乎，心里默默期盼着孩子们即将开始的小学生活。那将是一个全新的阶段，一个人生命中极其重要的学习时代将拉开序幕。三个孩子在一旁玩得不亦乐乎，他们在幼儿园同班，即将进入相同的小学和班级。

喇叭筒里一般都放些小玩具、巧克力、小熊糖和轻巧的学习用品，像卷笔刀、铅笔、蜡笔、小本子等，起到一个象征性的作用。毕竟喇叭筒不是书包，而是一个标识和纪念，充满了仪式感，郑重地标志着孩子入学了，在其幼稚的生命中将注入知识的琼浆。女儿的喇叭筒一直搁置在储物间，现在拿出来观赏，还会引起她的一声感叹："好漂亮哦，谢谢妈咪！"

开学这一天，小学生们在家人的簇拥下，浩浩荡荡地朝学校走去，爸爸妈妈怀里抱着弟弟，手上牵着妹妹，甚至爷爷奶奶外公外婆都来了，仿佛一个盛大的家庭聚会。那天，我和先生，还有我的父母一起陪着女儿去学校，路上遇见她的同学们，人人都一副喜气洋洋、兴高采烈的模样，有的祖父母专程开车从别的城市赶来，为了表达对孩子入学的重视与欣喜。有的甚至提前一两天就来了，家人围坐在一起，烤蛋糕、做美食、喝下午茶、散步、喝红酒，给孩子送入学礼物，郑重其事，其重视和欢喜程度堪比出生、毕业、结婚和生日庆典。这可是一生一次的大事情。当时左邻右舍也给女儿送了"礼轻情意重"的小礼物，其中一个火车造型的铁质礼品盒构思巧妙、拙朴精致，被留下来当孩子的储物盒，使用至今。

开学典礼在学校礼堂里举行，孩子们背着书包，捧着喇叭筒，一个挨着一个走上舞台，挤坐在木制长板凳上，沐浴着台下家长们殷殷的目光。校长走上舞台，致辞欢迎和鼓励孩子们好好学习，同时寄语台下的家长们全力配合学校的教育，在孩子能够步行上学的范围内，尽量不要接送，养成孩子们独立上学放学的习惯。之后，二年级的"老生们"表演温馨简单的文艺节目来迎接新生，引起笑声一片。而小学最高年级即四年级的孩子们，会在新生入学第一年的时间里，一对一地"认领"一位新生，告诉他们学校的厕所、图书馆等设施在哪里，回答新生的各种疑惑，帮助新生解决遇到的问题，起到"传帮带"的作用。

开学典礼的最后一项，是各班的班主任上台点名，被叫到名字的孩子围拢到老师身后，随后在老师的带领下排队离开，礼堂里再次响起热烈的掌声，家长们带着疼爱的目光，目送着自己的孩子一步一步离开自己的视线，去往各自的教室。

这一天，会留存在记忆里，照片为证，录影为凭。那天的耀眼阳光，那天的畅怀欢笑，那天的亲吻和拥抱，还有那个大大的彩色喇叭筒，塞满了芬芳的糖果和精巧的玩具，满溢着深深的爱与绵绵的情，陪着孩子走向未来。

中小学生守则什么样?

国内某报社的编辑用邮件发来一份采访提纲，背景是教育部近日公布了《中小学生守则（征求意见稿）》。编辑还附来了网上查找到的德国《中小学生守则》如下：

1. 总是称呼老师的尊姓。

2. 铃响后，进入教室。

3. 要有十小时的睡眠，以保证精力充沛。

4. 上课时，不要和同学说话，有事可举手，可以坐着和老师讲话。

5. 当老师提问时，知道答案的应该举手。

6. 如果你听课有困难，可以约见老师帮助。

7. 缺席时，向老师索要资料和请教。

8. 如果因紧急事情，事先告诉你的老师并索取耽误的功课。

9. 所有作业必须是你自己完成的。

10. 做完作业后，按照第二天的课程要将书包整理好。

11. 考试不许作弊。

12. 如若生病和其他原因不能到校，请电话通知学校的秘书，之后出示家长的请假条。

13. 如若必须提前离开学校，要有家长和监护人陪伴。

14. 学校不允许使用手机。

15. 注意交通安全。

在采访提纲里，编辑请我谈谈对德国《中小学生守则》有什么样的看法，老师是如何督促和检查学生遵守守则的，有什么样的惩罚措施，是不是评优的依据等等。

这篇文章里我先泛泛谈谈德国的《中小学生守则》是怎么回事儿，而关于惩罚和评优，简而言之，德国人在这方面的做法值得称道：对中小学生，特别是年纪小的孩子，德国的教育环境是非常宽松和自由的，以鼓励和奖励为主，批评为辅，很少做出可能伤害孩子心灵的惩罚性举动。

德国没有由国家教育部统一颁发的《中小学生守则》。上面这个所谓的全国性质的《德国中小学生守则》，只是误传而已，可能是德国某个学校或某个班级的校规或班规，是该校或该班根据学生的具体情况而制定的。

我的女儿今年十一岁，刚刚升入中学二年级，相当于中国的小学六年级，因为德国小学只有四年。从小学一年级开始，家长会时不时地收到学校或班级发来的书面通知，上面有规定或建议。比如刚入学不久，一年级新生的家长收到一份校长签字的通知，要求家长们不要护送孩子上学，而应该放手让孩子单独一个人或结伴去学校，目的是为了培养孩子的独立性，锻炼孩子的胆量。当然，住得远的孩子另当别论。德国孩子一般都是就近入学，所以这条规定适用于绝大多数的孩子。我家离学校仅五分钟的步行路程，开学头几周，我时不时瞧见有家长送孩子上学，心里不免有点自责，觉得自己不够尽职，同时担心孩子太小，背着个大书包，一个人摇摇晃晃地去上学，看上去可怜兮兮的，于是也萌生了护送她上学的念头，只当出门散趟步，但被先生极力劝阻。纠结几周后，收到这份书面通知，问题就迎刃而解了，既然学校要求家长都不要送孩子上学，我心里也就释然了，并且觉得学校的规定有道理，孩子的独立性和胆量需要从小培养，从小事情上着手。当然其大前提是上学的路程短，沿途安全，而六七岁的孩子已经初步具备一个人独自上学的能力，一是因为家长身体力行地教过孩子如何遵守交通规则；二是在幼儿园的最后一学期，孩子们还接受过警察叔叔进行的过马路训练。这样的校规没有老师监督和对孩子进行惩罚一说，因为家长拥有最终的决定权，可以根据自己孩子的情况和路途的远近来自行决定。

　　小学的时候，女儿也拿回家过一些有关行为规范的书面通知，我清楚记得其中有两次情况如下。一次是冬天下雪的时候，学校明文规定不允许打雪仗，怕孩子们不知轻重，互相造成伤害。这不是杞人忧天，前几年在德国的莱比锡就发生过一场由雪仗而引发的群殴。本来是一群年轻人高高兴兴地在雪地里互相扔雪球好玩，但玩着玩着就过了火，玩笑变成打闹，最终导致一场群殴，酿成了人身伤害。还有一次是学校组织学生们去附近城市的音乐厅看音乐剧。通知上不仅有简单的对音乐会的介绍，告诉孩子们一些基本的音乐概念，什么是男高音、女高音、男中音、女中音、男低音、女低音等，还规定了音乐会应该遵守的礼仪，比如演出中要保持绝对安静，当然喝彩和鼓掌除外，不能喝水吃东西，不能迟到，更不能交头接耳；但允许根据演出的状况发出笑声，甚至可以哭，如果你被剧情打动，觉得悲伤的话；看不见的时候可以站起来，看完了马上得坐回去，不能影响旁边的观众，演出结束要鼓掌，等到演员谢幕完毕之后才能退场等，一板一眼、一条一条写得非常浅显易懂和仔细。当时我读了，很感慨，难怪德国音乐会的礼仪那么好，对艺术家那么尊重，没有迟到早退这一说，也没有手机拍照和手机铃声，这都源于他们从小接受的礼仪教育。没有人生来就是知书达理的，一切源于基础教育和素质教育。人与人最根本的差别在于接受教育情况的不同，种族和血统、门第和智商都不是决定性的，所生长的环境和所接受的教育才是孩子健康快乐成长的关键。

以前去女儿小学开家长会，我看见班级的墙上贴有手写的规则，是以第一人称的方式，说"我想发言的时候，先举手；我不打断别人的说话；我做作业的时候保持安静"等等。教室里还挂着一些彩色的玻璃珠子，在阳光下熠熠生辉。每个挂兜上贴着孩子们的名字，那是他们得到的奖励，最先得到十二颗珠子的孩子，有资格把班级的吉祥物比如猫头鹰或者小老虎带回家过一夜，第二天又还回到班级。为了公平，任何孩子都不可以在周五带吉祥物回家，因为周末有两个晚上。女儿一年级的时候带过猫头鹰回家，乐不可支。还有一个 A4 大的本子，用来贴孩子和猫头鹰一起拍的纪念照，孩子还可以在本子上做记录，写他和猫头鹰是如何度过这珍贵的一个下午和晚上的。当时本子上已经有两个孩子的记录，我看了他们的照片和稚嫩的文字，觉得既可爱又温馨，一个男孩和他弟弟一起与猫头鹰合影，相当骄傲的一副当大哥哥的模样，十分帅气和童真。二年级的时候，女儿是第一个把小老虎带回家的孩子，本子还是簇新簇新的，女儿也是深受鼓舞，相当地骄傲和开心，我用手机给她和小老虎拍照，她那灿烂的笑脸至今还回闪在我的脑海里。

上周去参加家长会，我留意到黑板（其实现在应该叫白板了）旁边贴着两份手写的规则，其中一份书写在金黄色的纸张上，孩子们称它作"金色规则"（goldene Regelung），其实就是班规，是班主任老师让孩子们自己动脑筋思考，认为应该遵守哪些规则，然后集思广益而写成的，一共有九条规则，分别如下：

我要注意自己的言行举止。

轮到我发言时才说话，不打断老师和同学的谈话。

我尊重别人的意见和样子(女儿说,样子包括长相、高矮、胖瘦、发型和着装)。

我不做任何带有暴力色彩的举动。

我要帮助同学。

我要友好待人,不激怒、侮辱和嘲笑他人。

我不孤立排斥任何同学。

我懂得保守秘密。

我帮助班代表和副代表完成任务。

"金色规则"旁边还贴着一份"白色规则"(书写在白纸上的),这是同学们总结出来的、做小组作业时应该遵守的规则,一共六条,强调的是"公平"二字:

每个学生在小组中拥有同等的权利。

我们互相认可和接受对方。

我们要懂得让步和妥协。

我们在分配任务时要做到公平。

当其中一位同学说话时,其他同学应该认真倾听。

我们要把布置的任务好好完成,而不是半途而废。

这些规则简简单单,朴实无华,却与校园生活息息相关,是在课堂上和学校里随时随地可能碰见的问题。规则里没有大话和空话,没有华而不实和好高骛远,而是由同学们自发思考和集体拟定的,是学生自己认为应该遵守的准则,与他们的日常学习和待人处事紧密相关,他们在老师的提点和帮助下,自己动脑筋想到了这些规则,由老师当场一笔一画地认真书写下来,再由每一位同学郑重其事地签上自己的大名。孩子们既为自己制定的规则引以为傲，并且理解规则里的每一句话，以此作为行动的准绳，是自然而然的事情。

千里之行始于足下，一个国家的公民素质就是从这一点一滴的小事情培养起来的。

教育讲究因材施教和脚踏实地。从小学到中学，一共有十二个年级，学生们的年龄从六岁到十八岁参差不齐，有什么样的统一的《中小学生守则》，能够同时适用于不同年龄段的孩子呢？对懵懵懂懂的幼童和初通人事的青春期少年提出完全相同的中小学生守则，这可行吗？

德国中小学根据不同班级的情况，制定不同的班规；在不同的场合，对学生有不同的要求；不同年龄的学生，应该承担不同的义务和责任，遵守相应的规则。没有规矩不能成方圆，这些规则浅显直白、务实、不花哨、接地气，讲究人与人之间的平等、互相尊重、互相谦让和互相帮助，不仅易于孩子遵守执行，也利于孩子们的健康成长。

蒸桑拿的故事

前几年回国度假时，好友专门带我去住家附近的游泳馆蒸桑拿。那是我第一次在中国蒸桑拿，不仅开了眼界，还发现中国桑拿与德国桑拿大相径庭。

那是一家十分现代而又漂亮的游泳馆，设施新颖，票价不菲，我们去的那天晚上，游泳和做水疗的客人寥寥无几，整个泳场显得空旷，泡在水里，既放松又自在。

泳池边有一间干蒸房和一间湿蒸房。一般来讲，现代桑拿房的空间都不高，这样便于保暖和节省能源。干蒸房面积不大，空间颇低，与宽敞的泳池形成强烈对比。主要是，这里面的人太多，坐着的、站着的，人挨着人，难以落脚，完全没有位置可以让人随意躺下。这样低矮狭小的空间里，这么多人挤在一块儿，显得拥挤而局促。屋子里以男士居多，大家都穿着泳衣泳裤进去的，从头到脚湿答答地滴着水，无论是地板还是木板，均湿漉漉的。这在德国不可想象，因为桑拿房，特别是干蒸房，一定是要求脱光衣服、擦干身子后，才能进去的。欧洲的大多数桑拿房都有文字和图例提示，要求客人在蒸桑拿前认真沐浴，把身体擦拭干净，这样便于出汗，达到排毒和放松身体的作用。为了保证桑拿房的卫生和干爽，干蒸房均要求客人擦干身体后，带一条大毛巾，铺在身体下，或坐或卧，随你喜好，但不能把汗水滴在木板上，整个干蒸房，气温可以高达90度，无论地板还是供人躺坐的木板，都保持干燥清爽的模样。

那间湿蒸房使用的是塑料座椅，烫得让人没法落座，于是大家都站在屋子中央；屋顶的光线强烈而刺眼，一屋子男男女女赤膊相见、咫尺之隔，难免难为情，更谈不上放松和休闲。

　　两个房间我进去静静体会了一下，又匆匆出来了。老友的好意我心知肚明。可惜无论是干蒸还是湿蒸，这样的环境都差强人意，仿佛转个身就能碰触到旁人，让人局促不安。人与人之间，需要保持一定的安全距离，在桑拿时尤其如此，只有保持适当的距离，才会产生安全感和舒适度，才能达到放松身心和怡然自得的目的，而这正是桑拿所追求的境界。

　　德国的湿蒸室，差一些的用光滑的石板铺设坐台，虽然温度比干蒸低多了，有的石板也烫得灼人，但一般旁边会有塑料水管，可以用凉水来冲洗台面，达到清洗和降温的作用。大家一般都自带毛巾，铺在身下，一来卫生，二来隔热。讲究的湿蒸室则是用高档的马赛克或大理石铺就石头椅子，不会那么滚烫。里面光线影影绰绰，予人温馨而静谧的印象。桑拿房所使用的材质和光线的调适，往往体现其档次和品位，是客人判断其好坏的标准之一。

　　毋庸置疑的是，桑拿对健康有益，不仅促进血液循环，利于排毒，而且常年坚持桑拿的人不容易生病感冒，是一项非常有利于身心健康的活动。

　　我认识的德国人分为两个极端，要么非常喜欢桑拿，一周不去就不自在；要么完全不喜欢，去一次就再也不去了。不喜欢的理由是，里面太热太闷太烤啦，完全无法承受。喜欢的人则认为，桑拿是莫大的享受，于身心有益，是件美妙的体验。人在桑拿时，身心完全放松，或卧或坐在小木屋里，那里的光线昏黄幽暗，空气热乎乎、暖洋洋，仿佛回到孩童时代母亲温暖的怀抱；往桑拿炉上浇水前，在木桶里洒几滴柠檬或香草的精油。于是，飘在热空气中的芳香，被深深吸入肺部，让人感觉酣畅甜蜜。汗水沿着额头、脖颈、胸脯、肚脐往下淌，一滴一滴浸入铺在木板上的白色浴巾里；随着木制沙漏表中徐徐滑下的细沙，心跳一丝丝加快，脸颊一点点变红。待到热不可耐的时刻，推开木门，深吸一口气，然后用凉水反复冲洗身体。那种冷热交错的畅快淋漓，既刺激又放松，妙不可言。

做一次桑拿一般至少需要两到三个小时，先沐浴净身，然后干蒸，十至十五分钟为宜，以你自己感觉舒服为好，做两到三轮，可以干蒸和湿蒸交替做，看你自己的身体状况和时间心情来确定。蒸完之后做按摩，则是锦上添花。

我是到德国后才第一次体验桑拿的，对它一见钟情、相见恨晚。屈指算来，做桑拿的年头快二十年了，到现在还一如既往地爱着它。我觉得桑拿于我，仿佛是一种 Meditation（冥想），可以让人静下来，什么都不做，什么都不想；也可以什么都想，天南地北、天马行空；这个时候，一个人需要面对的仅仅是他自己，他自己的身体，和他自己的内心与情感。桑拿房，有一种完全不同于与日常生活的节奏与氛围，在这里，不需要果敢、利索和敏捷，只贪图慵懒、惬意和沉醉；也不需要坚强、理智和成熟，尽可以任性、孩子气和为所欲为，想蒸多久就蒸多久，像鱼儿一样游泳，像孩子一样踏水，完全随你喜好。无论是笑靥，还是泪水，在这里，都可以合着汗水，静静绽放，默默流淌。

做桑拿的头几年，我是有一搭没一搭的，没有固定的时间，也没有固定的场所。一是没有遇到特别合意的桑拿馆，要么太远，要么太吵，要么人多眼杂；二来工作太忙，顾不过来，没法给自己留出足够多的休闲时间。

搬家到这座小城后，工作和生活都慢慢安稳下来，有了更多的闲情逸致，无意中开车路过一家私人经营的桑拿室，离家不远，于是去那里试试。这家桑拿馆只有一层，占地面积不大，设施比较齐全，不仅有干蒸屋和湿蒸屋，还有一个小型的游泳池，一排用石头砌成的洗脚槽，可以坐在那里一边泡脚、一边看书；还有两个冰水池，一个正方形，齐胸深，另一个长方形，及膝浅，都是供客人在做完90度的干蒸之后，泡在里面冷却身体的。我从来不敢全身浸泡进冰水里，那种冰凉太刺骨了。但却常常看见健壮而勇敢的德国人跳进去，嘴里嗬嗤嗬嗤地：啊！冷！啊！爽！我真佩服他们的体质和胆量。我喜欢用凉水慢慢冲洗身体，然后披着浴衣，在浅冰池里晃来晃去，让小腿以下的肌肉体会一下那种透彻心扉的凉，那种冰火两重天的冰凉。然后再迫不可待地去到小院里，呼吸一把那仿佛久违了的、清新无比的新鲜空气。

有一次，我告诉桑拿馆的老板，我不敢用凉水直接冲胸部和背部，觉得太冰凉了（这种水管里只有冷水，不可以调节水温，感觉刺骨）。他告诉我说，关键是要用凉水冲头部、脖颈、胳肢窝和大腿根部这几个部位，重要的是，一定要去院子里呼吸新鲜空气，等身体足够凉快了，再做第二轮。这位老板是希腊人，20世纪70年代，他和老婆从岳父母手中接下这家桑拿馆，至今已经营了四十多年，有很多老客人。有位客人怀孕期间也一直坚持来做桑拿，直到临产也没有间断，现在还在做，我经常碰见她，是位非常和蔼的人。有的客人在这里已经做了二三十年，甚至四十年桑拿了，从青年做到中年，直至老年，现在微微颤颤、拄着拐杖还来，桑拿成了他们生活中不可或缺的一部分。这位老板的年纪比我父亲还年长两岁，快八十的人了，精气神足得很，至今给一些熟客做按摩，这些老客户习惯了他的手法，不愿意更换按摩师，虽然他还雇用了另外两位年轻女孩子做按摩，她们都是在职业学校经过三年的职业培训后找到现在这份工作的。

这家桑拿馆还上过当地的报纸，老板和老板娘的大头像登在上面。他俩为此很自豪，特意把剪报贴在餐室里。这里是平时客人们吃简单的早餐、中餐和晚餐的地方，一些老熟客喜欢在这里喝咖啡聊天，遇上谁过生日，还带生日蛋糕来大家一起共享，圣诞新年的时候一起在这里干一杯。

还记得多年前初秋的夜晚，下班后我一人拖着疲惫的脚步去做桑拿。蒸过洗过冰过之后，披着浴袍在小院漫步。夜色如水，凉风习习，院子里弥漫着花香，就我跟老板娘两个人。她舒展地仰靠在白色躺椅上，望着墨兰的夜空，对我说："你看呀，星星多美啊！真是个美好的夜晚呢！"我不禁抬头，是啊，月上中天，这才想起，今天是中秋；不知此刻，亲人、老友都在哪里，在干些什么。

差不多所有的德国桑拿室都提供女士桑拿日和混合日，倒是没有男士桑拿日。我常去的这家桑拿馆，每个周二的下午、周三全天和周五的上午都提供女士桑拿日，男士不得入内。于是，女人们一踏进桑拿馆，可以毫不避讳地赤身露体、裸泳或晒日光浴。有的温泉浴场或桑拿馆的场地足够大，桑拿室足够多，故分有女士桑拿室、男士桑拿室和混合桑拿室几处不同的桑拿室，满足不同人群的需求。

真正爱好桑拿的人，不仅一年四季桑拿，而且四海为家、四处桑拿，不局限于一国一城一地。去巴塞罗那观高迪时桑拿、去巴黎看塞尚时桑拿，去米兰参观大教堂时还桑拿。欧洲四星级以上的酒店，一般都配置得有简单的桑拿房。五星级的酒店，其配套服务更齐全一些，还提供按摩、水疗和美发美容业务。桑拿和游泳一般都是免费的，其他的服务当然收费。入乡随俗，每个桑拿场馆对着装的要求都不一样，但都会有标示，比如大都规定干蒸室是FKK（即天体运动）区域，那么客人就不得穿泳衣泳裤入内。披块浴巾，倒是没人管你，但自己会不舒服。有的则要求除了干蒸室，别的场地，包括各种温度和湿度不同的湿蒸室和草药室，都必须身着泳装，不得裸体。

最美妙的桑拿体验，恐怕是在阿尔卑斯山脚下，天寒地冻的时节，面对巍巍群山，望着皑皑白雪，你浑身上下冒着热气，站在你看得见背着背包的漫游者，漫游者却瞧不见你的地方，尽情地吸一口那寒冷而清洌的空气，叹一声：冰冻三尺，桑拿好个冬。